桜木紫乃

おばんでございます
桜木紫乃

もくじ

III

書くこと…132

【対談】桜木紫乃×愛海夏子（シークレット歌劇團0931主宰）…161

I

北海道の女

五十路越え
肚《はら》くくる日々

女五十五歳、いろいろある。毎日必ずどこかが痛い。

頭、肩、腹、使ってもいない筋肉、関節、筋、懐、そして胸の裡。痛いところだらけで無痛の状態を忘れてしまうほどだ。十年前はもうちょっと頑張りが利いたよなあ、と思う。がしかし、周囲でファイト頻発、体力の限界まで頑張っているように見えるのもまた、五十女たちなのであった。

昨年末、釧路の知人から「面白いから行ってみて」と紹介された舞台を観てきた。

「シークレット歌劇團０９３１」。数字の部分は「おおクサイ」と読むというのは本当だろうか。舞台「眠れ 森の美女——君は薔薇より美しい」。札幌で初めて観た舞台の、コスチュームはほぼ宝塚、メイクも限りなく宝塚、歌も、かなり宝塚、脚本の傾向は伝統的人情芝居&吉本新喜劇寄り。団員はすべて「貴族」と呼ばれ、客席にいる我々は「平民（平素より貴族が大変お世話になっている民、の意）」。

しかし客席との距離は驚くほど近い。歌い踊りながら客席に下りてくる貴族たちに、握手をせがむ平民の表情は「笑み・笑み・笑み」。

立ち上げから十七年と聞いて焦る。トップのふたりによる「くしろ益浦夏まつり」への出演がなければ、知人を通して知ることがなかった現実も。世の中、知らないことだらけで更に焦る。

フィナーレ近く、歌いながら「夢組トップ銀河祐」は、喉をゼイゼイいわせながら客席をまわり、平民たる観客に礼を言っていた。やけに腰の低い貴族だった。同じくトップの「紅雅みすず」と、今年ふたりの年齢を足せば百五歳。真っ二つに割っても多少偏っても、五十の坂を上っているとみて間違いない。立ち上げは三十代か。

おそらく毎日どこかが痛い五十代、ここにも「よくわかんないけどアタシやっちゃうよ」な北海道女がいたのだった。

五十を過ぎた女たちに寄せる絶対的信頼がある。

なにか――

うまい言葉を探し続けて五十五年、現段階でたどり着いたのは「肚のくくり加減」だ。

四十代でははっきりとはしなかった景色、三十代では想像もしなかった体力の衰えのなかにしか生まれない「ええぃ、こうなりゃ最後までやってやるぜ」。

毎度、このあたりでぶっ倒れるだろうという自分の姿を想像しながら暮らし始めるのが五十半ば。ゼイゼイいいながら、滝のような汗を流しながら、関節をキーキーいわせながら——肚をくくる。五十女が年に一度の舞台に演《の》せているものは「あたしがいちばん楽しいんだ」という、突き抜けた覚悟だろうか。

自分が楽しいことじゃないと楽しさを伝えきれない。後退した体力は貴腐葡萄に似た凝縮を連れてくる。

「シークレット歌劇團０９３１」、北海道女の底力をたんまりと堪能し、観客の私は明日への活力を得る。彼女たちもおそらく、毎日どこかが痛いままで仕事と舞台稽古をしているはず。

正直、北海道で活動することになんの疑いも感じたことがない。自分たちのあたりまえを貫くんだ。それでいいと、この地に生まれた己の血と、彼女たちが教えてくれた。本日の文体は「おおクサイ」風。文責サクラギ。

（「北海道新聞」２０２０年２月22日）

捨てた昨日を惜しんだりしない
――『ラブレス』に寄せて

父方の祖父母が佐渡と津軽、母方の祖父母はともに秋田からやってきた。北海道に渡ってからは、それぞれ商人と開拓者に分かれた。ともに生活は苦しかったと聞いている。

祖父母以前の血族をまるで知らないせいか、武家の出、豪商の末裔、誰それの子孫という会話を振られても、実はピンとこない。

九州出身の編集者と名字の話になり「自分はとある藩の家臣の末裔」と聞いたとき、感心も感動もしないこちらを見て向こうが戸惑っていた（拙者、藩の名前も覚えていない不届き者）。

開拓三世の「家の歴史」は初代から向こう、ぷっつりと途切れている。先祖という景色は、崖の向こうに広がる空と海に挟まれた幻の陸地に近い。「見えない」のだ。自慢する材料も、憧れる理由も不在だ。はっきり言ってしまうと、自分の出自にも他人のそれにも興味がない。

道内全般に言えるのかどうか確たる自信はないけれど、道東出身のわたしの周りはなぜかそんな人間ばかりだ。

拙著『ラブレス』で、開拓者の家に生まれた長女を主人公に据えた。小説を書き始めたころからずっと、物語自体は胸の中にあった。ただ、視点をどこに定めて書けばいいのかがわからなかった。重たい布団を被り、おそらく十年以上はぐっすりと眠っていたと思う。

物語の扉は実に不思議な場面で開いた。昨年秋『硝子の葦』の刊行時、書店様ご挨拶の真っ最中。マイケル・ケンナの写真集を見つけて嬉々としていると、後ろで編集者がひとこと「次は姉妹でいきましょうかねぇ」とつぶやいたのだった。立て続けに長編タッグを組むとは夢にも思っていなかった。新刊が出たばかりのあの日「まさか」と口では言いながら、しかし堰を切って流れ出てくるものがある。

「昭和の開拓地から始まる話。旅芸人の姉が主人公、妹は職人。平成を生きる娘たちの視点をクロスカット。母親姉妹がどう生きてきたのか。そこ、キモ。どうかな」

頭の中に、母方の祖父母の家が浮かんだ。祖母は自らのことをあまり語らず、自分の来し方を幸福とも不幸とも言わなかった。幸不幸の価値観《ものさし》を持たない人だったのかもしれないということには、小説を書き始めてから気づいた（当時既に祖母は他界していた）。

『ラブレス』の主人公・百合江は、開拓二世。ちょうどわたしの母の世代にあたる。百合江をど真ん中に据えることで、なぜか祖母の時代や平成を生きる娘たちの現在がお話を動かす大切な歯車になった。

書いているあいだ、活字になることをほとんど意識しなかった。一冊にならなくてもいいから、とにかくラストまでちゃんと書きたいと思っていた。

「あぁ、なんとかこの物語を閉じることができるかもしれない」と思ったのは、ある一行が浮かんだときだった。

「どこへ向かうも風のなすまま。からりと明るく次の場所へ向かい、あっさりと昨日を捨てる。捨てた昨日を惜しんだりしない」

これは祖父と手を取り合い故郷と親きょうだいを捨てた際の、祖母の思いではなかったろうか。「しょっぱい川」と言われた津軽海峡を越えて骨を埋める場所を探すのは、平成を生きるわたしたちでも相当の覚悟が必要だ。海を渡りこの地で一歩踏み出したとき、祖母は「捨てた昨日を惜しんだりしない北海道の女」になったのだと思う。

ラスト付近、主人公の娘が「うちのお母さんって、ほんっとに面白い人だよねぇ」と言う。たったひとこと愛する誰かにそう言ってもらうだけで、報われる一日がある。突き詰めて削いでゆけば、生きる動機なんてのはそのくらいじゃないかと思っている。なぜか。「北海道の女だから」という答えしか、今は浮かばない。

（「北海道新聞」2011年11月2日）

根無し草の血

七月十七日夜、直木賞決定の記者会見場にて今までに見たことのない数のカメラを前にした際、不思議なことに心がスッと軽くなった。もっと緊張しろよサクラギ、テレビカメラは何でも映すぞ、お前の虚栄心も自己顕示欲も嘘も。今まで蓋をしてきた何もかもをさらす時が来たんだ。自覚はあるのか。

体の内側では最高音で警笛が鳴っているのに、だ。会場に向かって頭を下げた瞬間、手足の震えは止まり、田舎のおばちゃんは「桜木紫乃」になった。「何もかもを映すのなら、映してくれ。どう隠しても文章に人間が出てしまうように、カメラだってどう撮っても人を映してしまう。ならば我々は同志だ。仲良くしようじゃないか」

さぁ肚《はら》をくくれ。北海道人は総じて面倒くさがりが多いのだ。結婚式は会費制だし、香典にも領収書が出る土地。そんなところで生まれ育った人間が、内地に根を張る日本の文化に上手く絡んで行けるわけもないのだから。

初代開拓民だった祖父母もきっと「面倒くさく」なって根っこを断つような生き方を選んだのだろう。北海道は流れ着いた初代が嘘をついたら、その嘘が歴史になってゆく。祖父母がどこから来たのか、実は詳しいことを知らない。武士の出だが内地を出てからは魚屋になった、あるいは炭焼きになった、と聞くと「本当かよ」と思う。

どれもこれも証人がいない。名乗ってしまえば「作家」というのと同じだ。自ら作家を名乗ったことはないけれど「小説書き」という言葉は使う。流れてゆくような響きが好きなのと、約束された明日と根のないことへの戒めだ。

記者会見という大舞台へ出る際「よし、やったるか」と両脚を叩いたときの心境は、うねる津軽海峡を渡ったときの祖父母のそれと似ていたろう。

根無し草の血がそうさせるのか、心の隅で常に「どこでだって生きていけるさ」と思っている。面倒くさがりだから、居心地がよければいつまでもそこにいる。

東京會舘のフロア、控え席と会見場を仕切る衝立を出る際に感じたのは「昨日を捨て去る快感」ではなかったろうか。実に気持ち良かった。『ホテルローヤル』収録「えっち屋」の一行に「今日は旅立ち。今日から自由。今日でお別れ。今日が始まり――」と書いた。廃業したラブホテルから出てゆくことを決めた娘の話だ。彼女もまた己の内側にある津軽海峡を渡る決意をしたのだ。

このたびの受賞で、自分の体に流れる血が書かせてくれる一行を信じられるようになった。血が財産だと思ったのは初めてだ。

これで開拓四世となる我が子らに「お母さんは昔、小説家になりたかったんだよ」と言わずに済む。

時期を同じくして、実在した「ホテルローヤル」が取り壊され、同じ名の本が生まれたことは、偶然というにはあまりに出来すぎという気がする。小説の神様は本当にいるのかもしれない。


（「読売新聞」2013年7月23日）

初詣で誓った「長い嘘」
――『緋の河』連載を前に

彼女に初めて会えたのは、二年前の秋だった。「財界さっぽろ」誌上での対談相手として選んでもらったのが始まりだ。

幼いころからずっとブラウン管の向こうのひとだった。対談場所に足を踏み入れた際の気持ちは、ひとことで言うと「緊張」なのだが、目が合ったときに訪れた感情は深々とした懐かしさだった。

想像していたよりずっと華奢なせいで、長い芸歴がある種の凄みを生んでいるように見えた。黒いワンピースから伸びた脚には、鍛え続けている気配が漂う。古稀を過ぎていると聞いて唸った。

同じ土地の生まれであること、中学の先輩後輩であること――話題が故郷釧路の話になると、わずかに残っていた緊張もどこかへ飛んでいた。あたりまえだ、彼女はもともと隣に座った人間の緊張を解くプロなのだった。

ふと釧路湿原の話になった。

「湿原を眺めながら暮らしていた頃、サバンナってこんな感じだろうかと思ってました」

こちらが何気なく放ったひとことに、彼女は「あら」と微笑んだ。

「あたしはアフリカに行ったとき、なんだか見たことのある景色だなって思ったの。よく考えたら釧路湿原だったのよ」

時間を超えて場所を違えても、お互いの生まれた土地は変わらないのだった。

対談の日からふつふつと胸に溜まり続けていた思いを、初雪のころにようやく口に出した。

カルーセル麻紀さんの少女時代を書きたいんだけれど——

担当編集者は一拍（にしては、ちょっと長かった）おいて、静かに言った。

書きますか——

「書かせてください」と手紙に綴り、祈るような思いで送った。そして、お願いしますのご挨拶の日、あろうことか「虚構にしていいですか」と切り出した。虚構にしなければ伝わらないことを書きたかった。「いいわよ」と返す唇の赤い色を忘れない。タイトルは彼女が渡ったはずの『緋の河』だ。

その年の大晦日、紅白も終わったところで近所の神社へと初詣に出かけた。一年の終わりと始まりを含んだ数分、境内の脇にはふっくらと雪が積もっていて、ご神木の梢では星がちかちかしていた。除夜の鐘が響くなか参拝の列で寒さ逃れの足踏みをしているうち、無性に声が聞きたくなった。ポケットの携帯電話を取り出す。参拝の列から離れ、発信ボタンを押した。彼女がシャンパンで機嫌が良いのをいいことに、こちらも遠慮のない釧路弁で「あることないこと書きます」などと言っている。そのくせ対談場所へ一歩入るときと同じ、武者震いだ。

あの日神社の境内で、これから吐《つ》く「長い嘘」を誓った。

電話の終《しま》いに彼女が言った。

「あたしをとことん汚く書いて」

酔ってなどいなかったような声が、今も耳の奥で響いている。冒頭のシーンは、雪の舞う初詣にしようと決めた。

（「北海道新聞」２０１７年10月27日）

担当編集者

ある春の日、二十代の若い担当から連絡があった。

「サクラギさん、私たちの年代が読みたいと思うようなエロを書いてみませんか」

彼女の言う「私たちの年代」には当然ながら「四十代のサクラギさん」は入っていない。そんなことは百も承知で引き受ける私。だって苦節六年、やっともらえたお仕事だもの。

ある出版社には「サクラギ」と書かれた段ボールが存在し、そこにはおびただしい数のボツ原稿が入っているという。彼女曰く「そんなのただの都市伝説ですよねぇ」。

——そういうことにしておいてください。

かくして、現在うら若き担当と昔うら若かった筆者の、春の宵壮絶バトルが始まった。

彼女はかわいい顔をしてけっこうサディスティックな鉛筆原稿を返して来る。こっちはボツに慣れた身だから、書き込みやバツ印びっしりの原稿を見たってちょっとやそっとじゃ傷なんぞつかない。怖いのは無言よ、無言。

実は鉛筆原稿は担当編集者との大切なコミュニケーションの場。相手を識《し》り己を識るいいチャンスなのだ。そういう点で彼女とのやりとりは大変有意義だった。

――セックス描写がもの足りません

ワタシは愕然とし、しかし改めて彼女のプロ魂に心打たれた。

――サラッとしすぎ、もっと激しく

えええええ～？

――このセックスは良かったんですか、悪かったんですか

デビュー本の帯に「新官能派」の文字が躍る当方、ここで踏ん張らねばどこで踏ん張るというのか。やったるで。

そして無事脱稿の運びとなり、今月。まだ彼女には言っていないが、ひとつだけまったく理解出来なかった書き込みがある。

――こう、掌に睾丸を載せてその重みを量るようなセックス描写を

はぁ……。

（「小説すばる」２００８年７月号）

峯丸編集者

「実は廃墟が大好きなんだよね～」。「マジっすか、ほんじゃあ廃墟でヌード撮影をするハナシを書いてみてくださいよ」で始まった短編「ホテルローヤル」（後に「シャッターチャンス」に改題）。このホテルをめぐる物語を開業前までさかのぼって書くことになるとは、書き手もびっくりしている。

あの日どうして廃墟＝ヌード撮影だったのか。編集者の思いつきも筆者のやけっぱちも、出会いなので大きな理由を見つけるのは難しい。担当（既婚）の切なる願望だったかもしれず、はたまた四十代後半サクラギの遠い夢だったかもしれず。おのが被写体としての要件は失ったが、文章でなら書くことができる、と勘違いした。

担当はかつて筆者に「原稿に、峯丸の重さを両手で量るような表現を、というエンピツを入れた編集者」と書かれたのを未だに傷としており、こっちはその傷を再度舐めようとしている。終わらない蜜月だ。

ダメ出しが少ないときは、お互いの傷もなんとなく甘く感じるやりとり。火花が散ることもあるが、エンピツを入れてもらえる原稿は、実はとても幸福なのだ。

『ホテルローヤル』は、郊外型（ド田舎）ラブホテルがおもな舞台だ。建物から見える「釧路湿原」は、筆者が見て育った景色のひとつ。夜更けの湿原に赤い線を引く野火の、真っ直ぐな美しさは今も記憶に強烈だ。己の将来に不安しかなかった十代。迫りくる野火に、未来を祈る薄暗い女子高生。祈るものが荒涼たる湿原

しかなかった日々。
泣かせるぜ。結果「廃墟でヌード」と。
廃墟には廃墟になるまでの歴史がある。栄華の傷痕も、舐めてみれば甘いのだろう。果たしてサクラギ、峯丸の重さを両手で量ることができたろうか。全編並べてじっくり心ゆくまで確かめたい。

（「小説すばる」2012年3月号）

II

ブンゴーへの道

新人賞はとったけど

とある晴天の日、一本の電話が入った。「北海道新聞文化部です。社内見学に来る中学生にも、作家になりたいっていう子が案外いるんです。有名になっちゃうとお願いしづらいんで、できれば昨年、オール讀物新人賞を受賞されたサクラギさんに、今現在のリアルな下積みの話など書いていただきたく……」

サクラギは小説書きであるが、作家を名乗るのは恥ずかしい。作家とは本を出した人のことで、ちゃんと小説のお仕事を依頼される人のことなのだ。だから自分から「サッカです」と言ったことはない。十歳をカシラに二人の子持ちなので、実際はただのオッカだと思っている。

リアルな下積みかぁ。響きが何とも切ない。社内見学の中学生諸君、はっきり言おう。新人賞をいただいても、サッカにはなれません。書いたものがバシバシとゲラになって活字行きというのは、天才の仕事です。ごくごく普通の新人賞受賞者を待っているのは、ズバリ「修業の日々」。

「サクラギさんは初めての応募ですし、書きためたものもたいしたことないですし、それなりの下積みは覚悟してくださいね」って、それってナニ？「オール讀物」の担当さんはまじめな顔をしてそう言ったのだ。耳を疑ってしまいましたよ。

「あっしはまだ作家にゃなれんと言うことですね？」「そのとおり」「ヒー」

まずは活字にできる「受賞後第一作」を書けと言う。もしも書けたら少しは認めてやろう、書かぬならそれでもよいと言う。賞金泥棒という汚名のままいなくなっても、僕たちは一向にかまわないんですよ、と言う。とにかく、雑誌に載ること。これが昨年四月に私が誓った「やらねばならぬこと」だった。

（「北海道新聞」2003年8月1日）

出たな、ショッカー！

「受賞後第一作」を華麗に決めるべく、せっせと書いて出す、ボツ。泣きながら書いて出す、ボツ。笑いながら出す、ボツ。怒りながら出す、ボツ。一年後の今年五月にやっと「オール讀物」に掲載されるまで、何編書いて送ったか、もう忘れてしまった。十編までは数えていたのだが、悲しいので途中からカウントをやめたのだ。

担当編集者（ドジャースの野茂そっくりなので以下ノモくん）とサクラギ

の関係は、ショッカーと仮面ライダーである。

一編書き上げて送るとき、本郷タケシ（わたし）はショッカー・ノモを一撃で倒すべくベルトの風車をクルクル回すのだが、いかんせん不慣れなため「トーッ」が長い。

で、腹の風車がまわっている真っ最中、全身黒タイツのショッカーが「キー」と反撃。

ノモくんはばったり倒れたサクラギを見下ろし、余裕たっぷりで言う。「サクラギさ〜ん、書けばいいってもんじゃないっすよ。厳選して送ってください。キー」

お言葉を返すようですが、書いているときは「これだぜ」と思ってるんですわ。

現実はキビシイ。ペンもノモくんも決して優しくはない。

なかなか変身させてもらえない新米仮面ライダーは、サイクロン号にも乗れないまま、ボツ原稿の前で深いため息をつく。

ショッカー・ノモくんの後ろにはデスクという怪獣がいて、そのまた後ろには編集長という大魔王がいるらしい。

不安ばかり先立って眠れない真夜中、オホーツクの並木道を歩きながら、「あっしはホントに変身できるんだろうかねぇ」とつぶやいてました。

ぼやけばぼやくほど月がきれいに見えて、イヤになっちゃうんだけどね。

（「北海道新聞」2003年8月8日）

「北海文学」な日々

その年、初めて北海道新聞文学賞の最終選考に残った。道新さんは、「万が一（?）受賞された場合は、九月の某日、午後七時半にお電話いたします」と言った。

胃が痛くなるまで待った。しかし電話は来なかった。

「小説書きたいんです」。同人誌の老舗、「挽歌」をガリ版で世に出したという「北海文学」（釧路）の門をたたいたのが三十二歳のとき。ここで第一の修業生活に入ったわけです。

年に二回、同人会があるのだが、合評は一切ナシ。その代わりに新人は酒の飲み方を習う。この時間をあなどってはイカン。主宰の鳥居省三氏は酔っぱらうと、ポロポロと「おことば」を漏らすんだな。「創刊当初のこぼれ話」など、これを聞き逃したら一生の損という話も多々あり。

先輩同人も酔いにまかせてひとことふたこと、ポロリ。「会話から入るなんざ、逃げだ」「小説は答えじゃない、生き方だ」「おまえ、今回のヤツは全然面白くなかったぞ」、等。

「文学とは云々」よりも効くんだ、これが。

道新文学賞にみごと落選したわたしに、鳥居先生いわく、「とにかく何でも書けなくちゃダメだ。バンバン応募しろ！」。

「どこに応募すればいいんですか？」「どっか、出版社がやってる新人賞ってのがあるだろう。あれに出せ！」「はい、分かりました」

時は十月。オール讀物新人賞の締め切りが十一月。実はサクラギ、ここと「文學界」しか知らなかった。「無名の新人に限る」という応募資格に、奮い立ちましたね。

「バンカラ文学青年・鳥居省三」は、五十年という長きにわたり夢見る青年たちを励まし続けている。氏こそが熱い熱い、永遠の青年なんだ。

（「北海道新聞」２００３年８月15日）

じいちゃんは「赤目漱石」

「エロ小説を書くような娘に育てた覚えはない」

と泣く母もあり。

泣くな母よ、わたしだってそんな娘に育った覚えはないのだ。書いているうち、ちょっとリキんでしまっただけなのだ。

編集者に修業（別名・懲役）を言い渡されて、「いつ本が出るんだ？」「何の本をお出しになっているんですか？」という周囲の声にもじっと耐え、夢を追って色気ゼロの日々を送っているわたしの方が、泣きたいのだ。

ここ一年で鍛えられたのは、筆力ではなく精神力だった。

祖父は、息子であるわたしの父に「赤目漱石」と呼ばれていた。常に本を傍らに置き、大学ノートにびっしりと文字を連ねるような人だった。

その息子は小説を一度も読んだことがないというのだから不思議だ。一度だけ、どうせ読むならと松本清張の『砂の器』を開いたらしいが、三ページで挫折したという話を、もう十五回は聞いた。ある日父が珍しく本を開いているのを見て、表紙を確かめたら「実践・勝てる麻雀」だった。

有島青少年文芸賞に応募している中高生のみなさん、あっしは二度応募して二度とも敗れました。それ以降三十まで何も書きませんでした。

二十代は男の尻を追っかけて、結婚を迫り、子供もふたり産みました。今も、一人の前途有望なはずだった男の人生を食いつぶしています。

「人生、前のめり」が信条だけど、リアルタイムで下積み語ってるとそれなりにへこみます。

「疲れちまっただ」とこぼすと、友人は「三十八にもなって夢だの希望だの言ってるのも、ひとつのシアワセ」とバッサリ。

なるほど、わたしのシアワセは歩いて来ない怠け者だったのかぁ。

（「北海道新聞」2003年8月22日）

写経は続くよどこまでも

「オレたちはね、イヤっちゅうほど小説読んで来てるわけ。だからアンタがどの程度の新人か、くらいはお見通しなのよ。林真理子になれるなんて、思ってないだろ？　だったら職人になれよ。何言われても長く書けよ、書き続けてる限りは応援するって言ってんだからさぁ。文章下手なの、分かってんだろ？　応募作品読んで、オレは泣いたね。あんた小説へたくそだ。テニヲハからやれよ。まずは技術からだろう。玉石混淆なんざ、プロの仕事じゃねぇんだ」

とまぁ、修業中の人というのは、編集者にこういうことを言われるわけ。

「文章下手なの分かってんなら、写経しろよ」

ってんで、修業のひとつとして「写経」が一日のメニューに加わった。なんてことはない、本を一冊丸写しするんです。

「ラジャー」と言ったはいいが、延々と人様の書いたものを写していると、だんだんイライラが溜まってくるわけだ。「オイラならこんな風には書かねぇ」という個所がけっこうある。それが自分のイヤらしい癖であって、こすり取らねばならない垢だと気付いたのは三百枚写したあたり。

気付くの遅い？

今経験できることのすべてが、おそらく宝なの。だから、やっと雑誌に掲載されたお話に「駄作中の駄作」というお便りが来ても、これはこれで通らねばならん道、ということだ。職人を一人作るには、編集者だって泣くんだよ。ツライのは書き手だけじゃない。

（「北海道新聞」2003年8月29日）

屍《しかばね》の山

「隠し球」というのがあった。このキャラクターを使えば、ちぃとはいいとこ行くんじゃないか、と。スケベ心ですな。

『若いころは、M橋M也のバックコーラスで旅芸人をして全国をまわり、結婚、出産、そして離婚。ヘアスタイルは常にパンチパーマ。今、古希を間近にひかえた彼女の楽しみは、レディースコミックを大量に買い込んで隅から隅まで読むことと、一日一箱のたばこ』

何を隠そう、あっしの叔母なんだが。いつかこの人で一編、と思っていた。書きました。が、みごとに、ボツ。

「サクラギさ〜ん、こんなのダメっすよ」

担当のノモくんはひとことで斬る。

なぜだ、なぜなんだ。

「ハッ、ひょっとして、キャラに負けたのでは」

どうだ面白いだろう、なんてこれっぽっちでも思ったら、その話はとてもつまらないものになる。

ワタクシ、知りませんでした。

隠し球も隠し味も、ちっとも隠れちゃくれない切ない現実。何をやってるんだ、バカバカバカバカ！

この大失敗で学んだことは、「腕もないのに小説より奇なものを使ってはイカン」ということ。

叔母は立派なキワモノだった。

同人誌の先輩に言われた言葉を思い出す。

「小説書きをひとり出すと、一族は屍の山」

不肖サクラギ、私小説は死んでも書かないと誓ってはいるが、フィクションのヒントは気付けば思いのほか近いところにあったりする。


（「北海道新聞」2003年9月5日）

愛ってなに？

「お願い教えて、愛ってなに？」

というお電話をいただいたとき、わたしは子供たちに糠サンマの身をほぐすべく箸を持っていた。

どうやら恋愛問題で悩んだ末、小説書きのサクラギを思いだしてくださったらしい。それはとてもありがたいことなのだが、そのときの自分にとって、「愛」は息子と娘にサンマを食べさせることだった。

エロい小説を書いてはいても、書き手の日常がエロいかどうかは別問題。夕食時ともなれば息子がリクエストする「和食Ａセット」をせっせと作る、わたしはオッカ。

大切なものじゃないでしょうかねぇ……。受話器の向こうでさめざめと泣いている彼女には申し訳ないのだが、右手には箸が、テーブルにはサンマがある。息子と娘はアホ面のまま口を開けて待っていた。

そもそも己の「愛」について真剣に思い悩んだという記憶がない。めくるめく「愛の沼」にどっぷりとはまって身も心も恋一色な女だったら、小説なんか書かずに済むだろうとも思う。だって、書くよりする方が百倍楽しいじゃないの、恋愛は。

受話器を置いてしみじみ思った。こんなひとに相談などしちゃいけませんぜ。あっしは毎日いかに家事の手抜きをするかで手いっぱいなのよ。お役に立てなくてゴメンなさい。

深夜帰宅した亭主に同じ質問をしてみたが、ヤツは愛について日々悩んでいるのか即答した。

「しょうもない女と知りつつも、給料を渡すこと」

そりゃないぜ、セニョ〜ル。


（「北海道新聞」2003年9月19日）

やる気向上グッズ

苦しくったって、悲しくったって、エンピツ持ったら平気なの。

担当のノモくんが、原稿を無視しても、

「くら〜い気持ちになっちゃったっす」

と言って、それっきり音さたナシの放置プレイに及んでも、升目を埋めているときの気分は鮎原こずえ。

孤独に負けそうなときは、迷わず「エースをねらえ！」を歌う。コートでは誰でもひとりなのだ。

駄作と言われたら、「タイタニック」のビデオを後編だけぶっ飛ばしながら見る。

「これだって、評論家には駄作って言われてたよなぁ」と。

「タイタニックは海に沈んだけど、あっしはもうちっとがんばるわね」

無理やり自分を奮い立たせるのだ。

やる気向上グッズは大切。手相占いの本は必携の一冊だ。真夜中、掌を走っている、うっすらとした「人気と芸才の太陽線」をじっと見る。ときどき爪でゴシゴシしわを深めちゃったりもする。

先日とうとう、本だけでは我慢できなくなって、フラフラと札幌駅地下の占いの館に入ってしまいました。

名前と生年月日、手相、すべてを鑑定したあと占い師のお姉さまは優しく言った。
「がんばりに収入がついてきてないわねぇ」その通りです。
「本名の方がいいわねぇ」みんなそう言います。
「でも大丈夫。この手相、あなた、道を間違ってはいないわ」
え、ホントですか。お姉さまは、「ババーンとお行きなさい！」と仰《おっしゃ》った。
これがけっこう効いた。
どうやらサクラギ、のりやすい性格らしい。

（「北海道新聞」2003年9月26日）

このツラ下げてサクラギシノ

「下積み作家の間抜けな日常が見たいんですよ〜」
タイトル発案者の記者T子が言う。そんなこととても恥ずかしくて言えない、というのが本名のあっしで、「ほんじゃ、やりまっか〜」というのがサクラギだ。

どうして「桜木紫乃」なのだ？　という質問をされると、とても困る。たいへんいいかげんに付けた筆名だからだ。本名で性描写てんこ盛りの小説を書くほど度胸が据わっていなかったため、半ば冗談で付けたのがこれ。

釧路の桜ケ岡に住んでいたことと、近所にあった「紫雲台」という墓場から取ったのだが、思いついたときには「桜に紫かぁ、ＡＶ女優みたいだな」と。まさかこの名前で人に笑われることになるとは夢にも思っていなかったのだ。

今、何か書こうと思っているみなさんにひとつだけ言えることは、「筆名にだけは気をつけたほうがいいみたいよ」。

ほとんどの人は、会った瞬間「どのツラ下げて桜木紫乃だよ」という顔をします。この屈辱に耐えられる神経のちぎれ具合は、われながら感心するくらい。なにごとも「その気になる」ことが大切なのだと己に言い聞かせるひとときだ。

恥ずかしき下積みの日常で大切なのは、わたしはサクラギシノ、と心の底から思い込むこと。ここをクリアできればたいがいのことには耐えられると思う。

実は娘の保育園に心の友がいた。その名も「さくらだじゅんこ」先生。結婚してその名前に変わるとき、彼女の中にはひとすじの迷いもなかったのだろうか。サクラつながり、いつも気になっている。

（「北海道新聞」2003年10月3日）

給食悲話

食い物の恨みはおそろしいんやで。

小三のとき、昼の手洗いで先生よりも遅れて教室に入ったばっかりに、その日の給食にありつけなかったことがある。

メニューはお汁粉。まだ米飯給食なんてものがなかった時代だ。コッペパンと牛乳とジャムが同時に出ていた。今なら胸にぐぐっとせり上がるものがある組み合わせだが、そのときのあっしにとって給食はごちそう。

ゆっくり歩いてくれる先生を、ほかの子たちは走ってバンバン抜かしていた。しかしあっしのほうは、その日の目標が「廊下を走らない」だったもんで、どちらを取ればいいのか考えているうち、教室に着いてしまったというわけ。

走ればよかった、走ればお汁粉が食べられた。しかし、お約束は守らねばならぬ。いや待てよ、お約束を守ったのにお汁粉は口に入らなかった。考えているうちに三十歳を超えてしまった。この堂々巡りは今も、垂れた胸の中で終わらないメリーゴーラウンドのように上下しながら回っている。「子供らしさとはなんだろう」と、いつも思うのは、おそらくこの出来事があるからだろうな。

でも、息子が同じ年になったとき、しみじみと、あっしもあのとき子供だったと思えたのよね。素直に走っても子供だし、先生に対してイヤミな正義感を振りかざしても子供だったのよ。

「子供らしくない」って言われて困ってる諸君、悩むこたぁないぞ、君たちは立派に子供だ。

この世は理不尽。あのとき走っていたら、焼き肉バイキングでお汁粉フィニッシュにこだわることもないだろうし、こうして文章を書くこともまた、なかったかもしれないなぁ。

（「北海道新聞」2003年10月10日）

ブラボーとドロボーの違い

趣味は何ですか？　と問われたら迷わず「ストリップ鑑賞」と答えるのだ

が、だいたいみなさんここで後ずさりする。しかしサクラギひるまない。ススキノの札幌道頓堀劇場の最前列で「ブラボー」とひとり叫んでいるのはあっしです。

どうしてストリップなんだと疑問にお思いの方々、一度ごらんになってください。青タンもパンツのゴム痕も許されない生活というものを想像しながら。

初めて劇場に足を踏み入れたとき、彼女たちと己のあいだにはブラボーとドロボーの差があるっていうことを、痛烈に感じてしまったんですよ。踊り子さんのハダカはプロの小説で、自分のハダカはトーシロの日記だということを思い知らされたわけだ。

劇場へ行くときはとにかく、あの、並々ならぬプロ意識に触れたいと思う。二十分間の作品のために、寝食を厳しく律する若い彼女たちの気概に触れたいと思う。でも踊り子さんには手を触れない。怒られちゃいますから。

誘った友人たちの感想はおしなべて好意的。「すごい！　ハダカがコスチュームになってる！」とT子。「あと二十歳若かったらわたしも踊りたい」とS子。「いつかここで踊ってやる」とワタクシ。

画家のH氏をお誘いしてみた。「どうです、ストリップ行きませんか？ええでっせ〜」

氏は静かにひとこと。

「僕の頭の中にあるものの方がよほどエロティックだ」

優しい眼差しの奥には確固たるプロ意識。モザイクなし、オールカラー。

う〜ん、サクラギ唸る。あっしはまだまだ修業がたりんと言うことですな。

（「北海道新聞」２００３年10月24日）

つべこべ言うな！やれ！

「作家を目指すよいこの皆さんに向けて、下積みへなちょこ作家が語る切ない現実」がこの度のコンセプトだったらしい。ついさっき担当の記者T子から聞いたんですが、伝わってました?

ここ一年の収穫は、一度みた「夢」をあきらめることはないのだと、トホホはトホホなりに思えるようになったことかな。気付けば四十目前。振り返れば、「子育て中」の看板だって、書かない理由には足りなかったもんね。子供をいいわけにするのは、自分にもその子にも、とても不幸なことじゃないだろうかな。理由は常に己の中にあるのだし。一度いいわけしちゃったら、そのあとは坂道を転がって行くだけだもん。

「つべこべ言うな! やれ!」って、ちっちゃいころいつもオヤジに怒鳴られて泣いてたけど、今の自分を励ましているのはまさしくこの言葉なんだよなぁ。フシギ。

三か月間の連載におつきあいくださった皆さまと、自分の厚かましさに心から感謝します。またいつの日か、今度は小説でお目にかかることができますように。では!

(「北海道新聞」2003年10月31日)

ブンゴーへの道　振り返り

小説家未満のオイラに「タイトル何にするかね」と担当T子。「うん、何がいいかねえ」。直後「あっ」と明るい顔でT子。「ブンゴーへの道にしようよ。書体これ以上ないくらいヨレヨレでさ」。生まれて初めての新聞コラム。原稿を提出すると、大阪出身のT子が毎回必ず言っていたのが「サクラギぃ、出オチはダメ」。大阪人にも通用する面白いもんを書かねばならないプレッシャーも、いまは美しい思い出に。二十年経ち、同い年のT子はいつの間にか道新でたいそう出世していた。T子、お互い、いい場所で闘ってきたなあ。

帰ってきたブンゴーへの道

来たぜ、夏祭り！

どうも、サクラギですっ！　恥ずかしながら、十年ぶりに当欄に帰ってまいりました。いや、今年の夏祭りはえれぇことでした。ハナシは六月の半ばから始まるんですわ。

「直木賞の候補になりましたが、お受けいただけますか」という電話が入った瞬間から、全てが回り始めたんですよ。

「何のドッキリですか」とオイラ。「いや、ドッキリではなく」と向こう様。お受けいただけますか、ってナニ？

この世には断る者がいるということか。

歯の痛い記憶だけが鮮明だ。そのときこちらは下前歯六本を削って家に戻ったばかりだったのだ。ここ二〜三年で自分の歯はほとんどが使い物にならなくなった。頭痛も肩こりも食いしばりが原因だと歯医者が言う。さすれば、候補の報せ《しら》も食いしばりがもたらす諸症状のひとつなのだろう。

「ありがとうございます。担当が喜ぶと思います」と応えた。しかしそこはサクラギだ。まだどこかで疑っている。日頃、人が好いと思われがちな人間など、こんなもんだ。合言葉は「山・川」。いたずら電話ではないことを確かめる術は案外姑息です。

「ところで、昨年御振興会にいらした◯◯さんは」と訊ねてみる。「あ、◯◯は本年春に退職いたしましまして」

うーむ、やるな。咄嗟の答えにしてはうますぎる。結局、電話はホンモノということを、その後痛感するに至ったのだが。さぁ長い夏祭り開始だ。

野郎ども、残念会の準備はいいか、とサクラギ。

人生、何が起こるかわかったもんじゃない。昨年同賞の候補になった時に思わず発した言葉「誰が応募してくれたんですか」は、陰でずいぶん笑われていると聞いた。こちらとしてはまっとうな、実に素朴な疑問だったのだが。

おい、そんなに笑うことなのか？


（「北海道新聞」２０１３年10月７日）

それぞれの病

世の中には職業病というものがある。最初に痛感したのは、担当編集者との会話だ。たとえばランチを食べながら、たとえば酒を飲みながら、彼らは「人づきあい」と「ヨイショ」の達人ゆえ、こちらもふと「お仕事」を忘れる。

通常、書き手というのは大変無防備。それを悟られまいとすると、すぐに墓穴を掘る生きものだ。

ある日担当Ａ子が「ワタシ、嫁に行きます」と言う。「ヤッホー」とサクラギ。そして「お祝いは何がいい？」と素敵な墓穴。「いい原稿をください」とＡ子。「結婚前の女心をガッツリ書いてください」と。まぁ、当然だわな。言葉に詰まる書き手、片頬を上げる編集者。常に撒き餌を怠らない。それは編集者という病。

ある日、メガネ屋さんにも似たような病があるらしいと知った。行きつけのメガネ屋さんにて「テレビでお顔を認識する前に、自分の作ったメガネだって分かったんですよねぇ」と彼女。自社で扱っているメガネ→最近これを調整した→誰だろう→サクラギか！　という具合だったらしい。メガネ屋さんは、テレビに映った顔よりも先に、メガネに目が行くという病を持っている。

実はまったく同じことを歯医者のＫ氏からも聞いた。「テレビ見てても、歯ばっかり見てるんだよなぁ俺。顔なんか覚えてない。芸能人がどんな歯医者に行ってるのか、事務所がどれだけ金かけてるか、すぐに分かるよ」と。「そういうもんなの」とサクラギ。「そう。アダルトビデオも、女優の歯しか見てない」。マジか、それはマジか！　確かに、キミはオイラの親知らずをわずか二秒で抜いた凄腕だったが。そうか、ＡＶでは女優の歯が邪魔をするのか。気の毒になぁ。立派な職業病、認定。

え、サクラギの病？　オイラは書くこと以外にあまり興味ないしなぁ。強いて言うならば、ゆえにトモダチがおらんこと。

（「北海道新聞」２０１３年10月14日）

誰かの価値観

年内の新刊が、出そろった。『ホテルローヤル』『無垢の領域』。そして十月は『蛇行する月』。どれもこれも、カバーが付いて書店に並ぶまでは恐怖との戦い。並んだあとも、正直不安でいっぱい。ナニがそんなに恐ろしいのかと訊ねられても、毎度そのようなココロもちになるので、これは性分だろうとあきらめている。自己分析。

で、この度の新刊の帯にはまたも「極貧」の二文字が。あんなに言ったのに、またも「極貧」（しっこいのはオイラか）。

サクラギの書いてるのは日々の生活にカッツカツだけど、なんとかやりくりしながら生活してるひと。毎月のお給料からは貯金できないけれど、ボーナス食いつぶしちゃうけれど、そのボーナスだって出ない年あるけど、なんとか子供育てて健康にだけは気をつけて生きてるよ、っていうひと。ときどき一万、二万をヘソクリに回して、家を買うときの頭金のことを考えてるひと。結局なにも手に入らなくても、なんだか頑張った日々だけは残っているなと、ときどき青空眺めるひと。物語のなかでは誰も極貧じゃないし、貧乏でもないんだよ。自分でそう思ってないんだから。

先日あるインタビューにて、不幸は「他人様《ひとさま》の価値観」と答えた。

新刊について作者からひとこと、という問いに「幸福は人の数だけあっていいと思う」と答えた。常々思っていることだ。もっと直球の言葉を使えば「比べんなよ、いちいち」。他人の価値観《ものさし》で生きるのはまっぴらだ。たとえ馬鹿と言われようとも。

で、新刊の帯文だ。ひときわでかい文字で「彼女たちの〝幸せ〟はどこにあるのか？」とある。うん。二年近く、そう思いながら書いてたよ。でも、書き手にだって分からないんだ。登場人物もまた、己の価値観で生きている。

（「北海道新聞」２０１３年10月21日）

愛は一途に

本のタイトルは難しい。

拙著『ラブレス』については、なぜこのようなタイトルになったのか、というご質問が後を絶たず。でも、オイラは知ってる。質問したくなるみなさまが、途中で本を投げ出さず、最後の一行まで読んでくださっていることを。最後まで読んでくれたからこその「なんでこのタイトルなのか」。

忘れもしない、あともうちょっとで一冊になるという頃の、居酒屋での首脳会議（担当とオイラ）。

「サクラギさん、この話に『銀の轍』はないっすよ」

「そうかなぁ、いいタイトルだと思うんだけど」

「いや、こんなタイトルじゃ誰も買《こ》うてくれまへん」

「じゃあどないなタイトルやったら買うてくれるんや」

「俺、一週間寝ないで考えました。飛行機の中でも、一睡もせずに考えてきました」

担当曰く『ラブレス』。

「これしかないっすよ」

サクラギは横文字に弱い。最近はアルファベットが読めないくらいヤバい。

意味を問えば「ラブがレスなのではなく、それがひとつの単語なんです」と担当。

そうだな、愛があるのかないのかなんて、別に気にする必要ないよな。あると思えばあるんだ。見えないものを見ようなんて気を起こすなよ。確かめることがすべてじゃないだろう。ふむ。よくわからんが、なんか響きがいいな。

「よし、それにしよう」

以後、このタイトルに関するご質問お叱りご指導ご鞭撻により、担当も書き手もよりいっそう「意地」になる、という結果に。

本が出てしばらく経った、とあるパーティー会場でのこと。

大先輩大沢在昌氏が渋くグラスを傾けながらニヤリと笑った。

「なぁサクラギ、『ラブレス』には、一途という意味があるらしいな」

さすが新宿鮫、美味しいところを持っていくわぁ。

（「北海道新聞」2013年11月4日）

トモヤについて

原稿に詰まると散歩に出かける。お供はナナ。ハチほど利口じゃなくてもいいよ、という親心を無視して、ロクでもない犬に育ってしまった愛犬だ。あぁ、もう冬かぁ。

サクラギの横を、一陣の風と共に小学生三人の自転車が通りすぎていった。耳に残る彼らの会話の断片を記そう。

「トモヤ（仮名）ってよぉ、出来ちゃった結婚しそうだと思わね？」

時速二〇キロで遠ざかってゆく小学生君たちが残したディープな言葉に、オバちゃん戦慄。

十代が始まったばかりの彼らに、将来出来ちゃった結婚しそうと思われているトモヤを想像してみた。

トモヤは少しばかり顔の造りがいい。性の目覚めもちょいと早そうな、そして陰毛も多少周りより早く生えて、なんとなく男女のあいだにあるできごと&知識を、ゴミステーションで拾った男性週刊誌などから得ているのだろう。底の浅い性知識を周りに披露できてしまう程度にはガキだ。

そしてトモヤはその知識ゆえに、同級生からのやっかみ半分の中傷を受けるに至るのだ。中二の姉には彼がおり、先日路上でチューしているところを担任に見つかった。母親はそんな姉と、最近少し距離を取り始めた。彼女たちはお互いにそれぞれの女の部分を見透かされるのが嫌なようだ。

トモヤが同級生からねたまれるにはもうひとつワケがある。クラスでちょっと人気の沙織ちゃん(仮名)が、どうやらトモヤを気にしているらしい。おくての男子たちの「ねたみ」「そねみ」は、自転車に乗りながらの「トモヤ談義」へと姿を変える。サクラギは遠ざかる彼らの背中にそっとつぶやく。

「だいじょうぶ、毛はいつか生えそろうよ」

トモヤ、きみもだいじょうぶだ。彼らのやっかみはいつの日か、君を強い男にかえてゆくよ。倍返しなんぞしなくていいくらいクールな男になれ。出来ちゃった結婚か。それもいいじゃないか。

散歩、終了。


（「北海道新聞」2013年11月18日）

毎日がトリコロール

おたふくかぜ、はしか、水ぼうそう。大人になってから罹ると、いずれも症状が重い。

感染症に限らず、何ごとも若いうちの通過儀礼として「あ、やっちまったぜ」で済むうちにいろいろと経験しておくほうが良いだろう。

三日で済むうちにやっとけよ、と。痛い目に遭うなら傷の浅い若いうちだぜ（何回言うねん）と。

そして、分かっちゃいるけど大人のフンベツ。そんなものが発生するころに罹患する症状は、やはりヘビー。四十八にしてゴールデンボンバー（以下金爆）にはまってしまった妻に、母に、家族の視線は冷たい。

直木賞受賞会見に、ボーカル愛用のタミヤTシャツのまま出た。胸には情熱の赤と冷静の青に白抜きの星ふたつ。残念会用のコスプレだったが、宵越しの怒りと着替えは持たない主義。あの日から、サクラギカラーは退くに退けないトリコロール。

サイン会に足を運んでくださる同年配の奥様が、息子さんふたりにタミヤTシャツを着せて現れる。むちゃくちゃ可愛いおネエちゃんが「ワタシも金爆ファン」と微笑んでくれる。サクラギの目はおネエちゃんの胸の谷間に釘付けだ。みんなありがとう。いいんだ、これでいいんだ。オイラは一歩も退かずに己を通したぞ。好きなものを好きと言って何が悪い。これぞ人生半ばを過ぎた人間のあるべき姿ではないのか。みんな、好きなものは好きと言おうよ。斜に構えたって、いいことないよ。ライブ、最高に楽しかったよ。若い子に混じって踊り狂うオバちゃんにも五分の魂。

いいじゃないの、好きなんだから。好きに理由はないの。嫌いにワケなどないように。今よ、今なのよ、今このときが楽しいの。だからお願い、ライブDVDとは一拍ずれたダンスにほろ苦いオイラの背後で、子供たちに諭さないで、夫よ。

「いいかお前たち、いい大人になってからこんな風にならんように、今のうちにしっかり遊んどけよ」。がちょーん。

（「北海道新聞」2013年11月25日）

ゴッドハンド

毎日原稿のことばかり考えている。書いていないときも考えている。なにをやってても、結局考えている。よって、頭痛・肩こり・腰痛・めまい・動悸・息切れ・〆切忘れ。四十八の女の体にはさまざまな魔物が棲むことに（仕事のせいばかりじゃねぇだろうよ）。

下垂する筋肉贅肉その他もろもろ、泣いちゃおれんよ神経痛。食いしばりと肩こりはもう持病の域に達してしまったので、数年前にとっ捕まえた女ゴッドハンドの元に最近は週一で通っている。

「ゴメン、もう自分じゃどこがどう痛いのかわかんなくなっちゃった」とサクラギ。

「もう何も言わずそこに転がってください」とゴッドハンド。

とっとと転がる。背面からゆるりゆるりと攻められた頑な筋肉と筋が、彼女の手でほぐれてゆく。あぁ、もう眠ってしまいたい。やだ、寝ちゃうわワタシ。

ゴッドハンドはその腕を持ちながら、あまり商魂がたくましくない。仕上がりこそ我が使命と思っているらしく、日々上がってゆくのは技術のみで、料金を上げる様子もない。泣けるじゃねぇか。

施術のメニューが一から十まで決まっている店で働いていたときに「あぁ、

自分の好きなようにこの荒《すさ》みきった筋肉たちと戦いたい」と独立したのだそうだ。

オイラも好きなだけ荒みたいぜ、気づけば年末進行。待ったなし。

店主にもうちょっと儲けろよ、と忠告したいができない。一回でも多く通いたい、肩も腰も懐具合もきつい。今日も背面指圧のあいだウトウト。

不意に尻のあたりの乾いた破裂音で目覚めた。え、今の音はなに？　へ？　必死で狸寝入りを決め込むオイラ。まったく動じる様子なく施術を続ける彼女。

店内はアロマの香りが漂ってるし大丈夫だよね。無駄と知りつつ己に言い聞かせる。大人になったじゃないかサクラギ。


（「北海道新聞」２０１３年12月2日）

サッカVSオッカ

作家を名乗れないまま、年末が近づいている。いつ「元」が付くかわからん職業を名乗るのはけっこう勇気が要るぞ。なのでついつい「あたし、サッカじゃなくてオッカですから」などと、ボケてみせる。

実は相手が「そろそろ名乗ったほうがいいのでは」と言うのを心の隅で待っているのだ。ずるいという言葉はこういう場合に有効です。「なんじゃこいつ」と思われてナンボのサクラギシノじゃねぇか、とも思う。正直、そうやっていろいろな場面を渡ってきたし。何よりそれが楽だったし。

全力後ろ向き疾走。

さてどこで名乗るか、というのが当面の課題になった。一度タイミングを逃すと、案外次のチャンスがないのだった。「あの場面でも言わなかったし、この場面でも」

じくじくと後で悩んでみせるのも、ずるさのひとつだろう。ずるいオトナになっちまったな、と自嘲するのもまたずるさ。結局オイラこんな人間なのさ、と開き直るのは名乗るより恥ずかしいもんだなあ。

で、サクラギなりにいろいろ考えた。公の媒体がいいだろう、とか「サッカのサクラギシノさんです」と紹介されたときに、大きく手を振って「どうも、サッカの――」と現れるとか。道ばたで「サッカのサクラギさんですか」と声を掛けられたら「ええ、サッカの桜木です」と返すとか。考えただけで心臓がバクバクしてきたぜ。結局まだ自分の職業を己が認識してないんだな。

ほんで、よくよく考えてみた。「オイラ、何になりたいんだろう」

この夏、小説を書くこと以外のお仕事をさせていただいて再認識したのは、オイラ表現者になりたいんだ、ということ。文章でお話を作りたいの。届けたいの。それだけ。

いつか、表現し続ける先に「できあがったもの（作品）」が見えたとき、堂々と言えるかも。あぁ、また先延ばしになっちゃったな。すんません。

（「北海道新聞」２０１３年12月16日）

いろいろあったわたしたち

ブンゴーが帰ってきたきっかけは、春の夜中のぐだぐだ長電話、北海道新聞の女傑T子より「そろそろブンゴーへの道を読みたいんだけど、どう？」どう？　ってさぁ。あんた、絶対に酔ってるでしょ。さっきから風呂のカビ取りとメタボの話ばっか。

「今回のコンセプトはなに？」とサクラギ。

「あの情けない作家以前エッセーの続編っつう感じかな」

酔った彼女の言葉にサクラギの「作家以降」はなかった。

この十年、お互いの立ち位置なんぞ少しも変わっていないが、取り巻く状況はずいぶん変わったねぇ。齢四十八の女同士、いろいろあったのう。そしてアナタは組織で偉くなり、こっちは記者会見で「作家を名乗れない」などと寝言を言っている。

覚えているだろうか、去年の一月、拙著『ラブレス』が直木賞候補だった幻の待ち会を。早々に葉室麟さん受賞の結果が出て「やれやれ」と家族に電話をかけているオイラの背中にしがみついて、アンタ大泣き。本人が肩の荷降ろしてホッとしているってのに、なにも泣くこたぁなかろう。

「賞レースに一喜一憂。ひとを泣かせてまで目指すところじゃねぇさ」

なにごとも一回で懲りるタイプ。人と競うのはなにより苦手。「本当の敵はここにはいないよ」とゴールデンボンバーも歌っとるじゃないか。

手元に夏に撮った一枚の写真がある。直木賞贈呈式の二次会で、大御所のスピーチを聞きながらT子がさめざめと泣いている。なんだよ、結果がどうでも泣くのかよ。

（「北海道新聞」2013年12月23日）

帰ってきたブンゴーへの道　振り返り

北海道新聞文化部T子が、十余年の時を経て言った。「ウルトラマンも仮面ライダーも帰ってくるんだし、書きなよ」。連載決定。担当はT子から心優しきI氏に変わったものの、なぜか毎回T子の激しい檄が飛ぶ「だから、出オチはダメだってば！」。

このたび読み返してみて、裡におかしなエネルギーが溜まりゆくのを感じたオイラ、気づけば己のあまりのバカさ加減に心からの賛辞を送っていた。

そうさ、ブンゴーサクラギ、お前はこうでなくちゃ。

ずれずれ草

著者略歴

娘が自動車学校に通い始めた。「短期速成コースを選択したからプラス五万円だって」

おい、それは母のエッセイ原稿料だぜとは言わず「がんばっておいで」と送り出す、この春珍しく寛容なサクラギ。

我が身十八の頃は、免許と車がなければ就職もできない山の中に住んでいたので、高校卒業と同時に運転免許があるのは当たり前。費用が安いというだけの理由で学科授業のない教習所を選んだので、娘の甘っちょろさに内心ムカムカきてても声には出さず。

「お母さんは期間どのくらいで免許取ったの」とやや上から目線で訊かれ、自信満々で「五か月」と答えた。「信じられない」ため息まじりの言葉は賛辞だね？　ほぼ毎日五か月通い続け、受けた試験は十回。仮免と本免合わせて二回受かれば免許取得だから、八回は泣いたことになる。ふふん、どうだこの不屈の魂。免許を取得した日、教習所の所長がひとこと「教習料より、あなたのために使ったガソリン代のほうが高かった」とぼやくのを聞いた。

運転歴三十数年。交通量が多いところでは使えないが、スーパーの買い物と、子供の送り迎えには重宝した。更新さえすれば一生もので、身分証明書として提示を求められることも多い「免許証」。取得のための期間として五か月は長いと誰もが口を揃えて言う。本当か？　じゃあ自慢できるじゃないか。

娘から「受かった〜」という連絡が入った際ふと、自分には「免許」と言えるものが運転のそれしかないことに気づいた。和文タイプのお免状は、パソコン時代においては立派な化石。

思いはそこからデビュー本の「著者略歴」へと滑り込んだ。

単行本校了間近のこと、夜中に編集者から一本の電話が入った。

「桜木さん、結婚前の職場を入れてもいいですか」と語尾を上げる彼。なぜかと問えば「学歴と資格がぜんぜん足りないんです」という。高校名も「入れるほど（のところ）じゃないですし」ったってそれ困るし怒るよ。

略すから足りないんと違うか、という言葉をのみ込み「結婚と妊娠と出産はワタシの歴史に入らないのでしょうか」とかなり低姿勢&半ば本気で訊ねた。

「それは入りません」きっぱり。

できれば授乳回数と妊娠日も入れたいくらいの勢いで頼むワタシに「結婚前に勤めた職場名しか記せるものがないんですよ」と食い下がる編集者（こ

郵便はがき

料金受取人払郵便

札幌中央局
承認

2454

差出有効期間
2021年12月
31日まで
（切手不要）

060-8751

801

（受取人）
札幌市中央区大通西3丁目6

北海道新聞社 出版センター

愛読者係
行

お名前	フリガナ		
ご住所	〒□□□-□□□□ 都道府県		
電話番号	市外局番（　　　） —	年齢	職業
Eメールアドレス			
読書傾向	①山 ②歴史・文化 ③社会・教養 ④政治・経済 ⑤科学 ⑥芸術 ⑦建築 ⑧紀行 ⑨スポーツ ⑩料理 ⑪健康 ⑫アウトドア ⑬その他（　　　）		

★ご記入いただいた個人情報は、愛読者管理にのみ利用いたします。

愛読者カード

おばんでございます

本書をお買い上げくださいましてありがとうございました。内容、デザインなどについてのご感想、ご意見をホームページ「北海道新聞社の本」https://shopping.hokkaido-np.co.jp/book/の本書のレビュー欄にお書き込みください。

このカードをご利用の場合は、下の欄にご記入のうえ、お送りください。今後の編集資料として活用させていただきます。

〈本書ならびに当社刊行物へのご意見やご希望など〉

■ご感想などを新聞やホームページなどに匿名で掲載させていただいてもよろしいですか。（はい　いいえ）

■この本のおすすめレベルに丸をつけてください。

高（ 5・4・3・2・1 ）低

〈お買い上げの書店名〉

都道府県　　市区町村　　書店

の書き方、悪意あるなぁ)。

略歴問題は、勉強もせず資格もなく生きてきた己の来し方を反省したできごとのひとつだが、なんであの日もうひと声「運転免許持ってますよ」と言えなかったんだろう。

あんなにがんばったのに――

(「月刊公募ガイド」2016年5月号)

犬の糞占い

散歩中、飼い犬のナナがいきみだした。ひり出されたものはさっさと始末しなくては。つと伸ばした手が止まった。糞が描いた文字は「少」。占いは嫌いじゃない。けれど、犬の糞占いが己のなにを導いてくれるのかを考えたことはなかった。

「少」か――

ナナは愛くるしい視線をひとつこちらに寄こし、すちゃすちゃと歩きだす。愛犬の満足そうな尻の穴を見ていると「少」の重みが右手で増してゆく。いま自分は、いったいどんな啓示を受けたのか。

「少」の字で、思いつく限りの悟りを啓こうと、ひたすら唸りながら、ひとつひとつ並べてみる。

飼い犬に注ぐ愛情が少ない、晩飯における野菜が少ない、日光を浴びる時間も少ない、睡眠時間も少ない。おお、そうかお前はご主人さまの睡眠時間を心配してくれているのか――いや待て。朝早くからお前が「飯食わせろよ、つぅか、出してぇよ糞」と吠えなければ、あと一時間は眠っていられた。違う違う、少ないのは睡眠じゃない。

あれこれと思い巡らすものの、これというひとつが見つからないまま散歩はもう終わりそう。にわかに焦る心から、じわりとにじみ出したのは、最も痛いご指摘の「少」だった。

「サクラギさん、もうちょっと月産枚数上げられませんかね。これじゃあ年間二冊しか本が出ませんよ。いや、二冊も危ないな」との編集者の弁にナナの便がクロスする。

原稿用紙千枚書いて掲載五十枚、という時期があった。デビュー前の書き手を焦らせるのは、編集者ではなく本人の気持ち。焦りが極限に近づくころ、先の編集者が言ったのだったな「本、出しましょう」。

あれから十年。最近、ボツ原稿が少なくなってきた――

お、そうか。「少」は、ボツの数であったかナナよ。お前はそれを糞で褒めてくれるのか。もっといい表現方法はなかったのか。お前が生きる世界、排泄の「大」は「少」も兼ねるのか――

（「月刊公募ガイド」2016年6月号）

ラブドール志乃ちゃん

知人から「アンタの名前でラブドールが発売されてるよ」との電話が入った。ラブドールとは、南極1号とか2号とか、昔で言うところのダッチワイフ。ほほう、と思いホームページを覗いてみる。あったあった「やすらぎシリーズ」の筆頭に「桜樹志乃」モデル、どどーん。当然だが、本人よりはるかに若いし美しいしおっぱいもでかい。当たり前だ、現実と実物には夢がないのだ。「志乃ちゃん」は、オプションで指が動いたり、視線が合うよう目玉の向きを調節できたり、よりリアルな「女性」に近づいているとのこと。ここでサクラギの頭を過ぎったのは「このネタ、自己紹介に使える」だった。書き手はどこまでもえげつない。

字は違っても、音は同じだ。この高価な人形を買い求める際、男女の比率はわからぬが、お客様は言うのだろう「サクラギシノを一体ください」。心情的には、マダム・タッソーの蝋人形よりも嬉しい。なんたって、欲されて売れるのだ。

早速余裕のありそうな知人に「買いませんか」と勧めてみた。「すみません、置き場所がなくて」という返信が最も誠意ある大人の対応だったように思う。そういえばわたしも五十一歳人妻。身の置きどころ、というものがあるのだったな。いや、それとは違うか。

自分から職業を名乗るのが大の苦手だ。自意識が過剰なのだろう。しかし、このラブドール「桜樹志乃」があれば、話は違う。「ラブドールが出てくる小説書いたら、文字違い同姓同名の本物が発売されました」と言えるのだ。するりと「小説の書き手」であることをアピールできる。

目下の心配はただひとつ。ドール志乃ちゃんの売れ行き次第では、名前を変えられてしまうかもしれない、ということ。「どうか桜樹志乃ちゃんがたくさん売れますように」と神社の前を通るたびに手を合わせる。そして頭の隅でついでを装い付け加えるのだ。おいらの本も売れますように――


（「月刊公募ガイド」２０１６年７月号）

「ジャージのひと」

蕎麦居酒屋のカウンターで、全身に酒のまわったらしき陽気な中年男性がこちらを指さし言った。

「あ、見た見た、俺見ましたよ。何年か前になんかの賞取って受賞会見してましたよね！」

彼よりもちょっとだけ素面《しらふ》に近かったわたしはにっこりと微笑み返し「ありがとうございます」と応えた。

天ぷらにのばしかけた箸を置いて、握手に応じた。彼はとても嬉しそうに、なおもその受賞会見のときの感動について語った。がしかし、サクラギが小説書きという認識は確かなのだが、彼の記憶には致命的な間違いがあった。

「いやあ、あのとき俺感動したんですよ。受賞会見にナイキのジャージ着て現れちゃうんだから。あれ、最高でしたよ。ジムでトレーニング中に受賞の電話が掛かってきたって言ってましたよね」

それは別の人、とは言わずにこやかに「はい」と応えている己に半ばイラッとしながらも、そこは女五十一歳、大人なので耐える。

「犬の話を書いたんですよね。いま飼っているのはなに犬ですか」と訊ねるので、ミニチュアシュナウザーだと答えた。彼の間違いを指摘しない不親切はさておき、嘘は言わない主義は通す。「出身は釧路でしたよね」と念を押すので、「そうです」と微笑んだ。

二度言う、わたしは不親切ではあるが正直だ。

こんな場面が一度や二度ではなかった記憶に後押しされ、話しかけられるたびにニコニコ笑う自分を、つむじの斜め四十五度上から眺める技も取得した。上機嫌でお勘定を済ませた彼を見送り、再びちびちびと蕎麦焼酎を舐め始めた。

何度か「ジャージのひと」として握手を求められたが、そのたびに否定出来ぬまま礼を言い続けている。酒も蕎麦も旨かったカウンターの木目に問うこと数分。

どなたか、姫野カオルコさんがタミヤのTシャツを着て、ラブホテルの娘をカミングアウトした記憶をお持ちの方はいらっしゃいませんか。

（「月刊公募ガイド」２０１６年８月号）

オトナな態度

奄美大島は沖縄ではなかった。遅ればせながらそんな事実を学んだ梅雨の東京、飲み屋の一角。

「これ旨いんですよ、ちょっと味見だけでも如何ですか」

某出版社の営業担当氏がニコニコしながら注いでくれた酒瓶に「奄美黒糖焼酎　浜千鳥乃詩」とあった。黙って飲めばいいものを「奄美大島って、沖縄ですよね。美味しいな」にっこり微笑むわたくし。そして凍り付く営業担当氏。え、なにか変なこと言いましたっけ。問うもなお、宙を泳ぎ続ける彼の視線。営業氏、もじもじしながらぼそりと告げる。

「奄美は、確かに暖かいところですけど、もしかすると沖縄県ではない、かも、しれません」。わたしはその日「明言しつつ態度で縮こまる」というひとつの礼儀を学んだ。

「え、イリオモテヤマネコがいたんじゃなかったっけ」更に追い打ちをかける無知が、ぱらりとテーブルに舞い落ちる。

「あっはっは、サクラギさんらしいですねえ」隣に座っていた担当編集者（四十代女子）が大笑いして、その場はとっても和やかに終わった。

ホテルに戻り「そうかそうか奄美は沖縄ではなかったか」とひとりごちながら、北海道が舞台のお話を書いている己の地理知識の薄さなどを思った。ふとデビュー前後、内地には修学旅行でしか行かないような生活者が書く「生活」は、東京のひとにはあまり響かなかったことを思い出す。

「同じ釧路市内で暮らし、道を歩いてて何年も会わないなんてこと、あるんですか？」

「六月にストーブはありえない」

双方「あるんです」と答えた。東京のひとにとって、サクラギが書く北海道はたいへん狭い異国に映ったようだった。

ちいさな島国と言われる国に在りながら、更にちいさく分かれた互いの地のことを、たぶんわたしたちはあまり知らない。

翌日、羽田まで送ってくれた担当編集者が笑いながら言った。

「いやあ、昨日実はわたしも自信なかったんですよね。奄美大島が沖縄か鹿児島か」

識《し》っているか識らないか、にたいへん敏感な仕事でもあるのだろう。「あ、違うんだ」という気配を察するやいなや、昨夜彼女は鮮やかに回転技を決めて逃げたのだった。ここはひとつ、オトナな態度で接しなくては、と焦るサクラギ。震える唇から本音が漏れる。

お願い、ひとりで逃げないで。


（「月刊公募ガイド」2016年9月号）

人生苦もありゃ

娘が弦楽部に入った。音符が読めるとは驚きだ。担当はビオラだという。

「本気？　大学から始めても出来るような楽器なの？」

「なんだか部室の空気がふんわりしてたんだよね」

「ビオラって、どんなかたちだっけ」

「弦楽部だってば」

興奮して会話らしい会話にならない娘、そして彼女の新たな挑戦に驚く母。音楽については聴くことに徹し、雑食を自負しているが、まさか娘が演奏する側になるとは思わなかった。

「お母さん、すごいんだよワタシ」という報告があり、いきなりブラジリアンバッハでも弾いたのかと訊いてみれば、「音が出た」。そうかいそうかい、音が出たのかい。

新しくなにかを始めるというのは、本当にいいことだ。減った音信も元気の報せ《しら》になる。授業が終わったあとは日々ビオラの練習に励んでいるらしく、ときどき届く進歩ある報告に親もなんだか楽しい。

「弦の持ち方から動かし方、先輩の指導がものすごくわかりやすくてびっくり。訊いたら、リハビリの勉強してるんだって」

そりゃ上手いわなぁ。そこからしばらく経って「曲の練習をしている」と聞けばその進歩が嬉しい。子育ては、終えたと思ったあとでもけっこう面白いことが待っているのだなぁ。

数か月後、娘から「デビュー曲が決まった」という報告が入る。初舞台の一曲は「水戸黄門」のテーマ曲「あゝ人生に涙あり」。

——人生楽ありゃ、苦もあるさ。

（「月刊公募ガイド」２０１６年11月号）

ナビの罪

車にナビがついた。これでもう、市内のスーパー銭湯から自宅に帰れなくなることも、いつの間にか隣町まで行ってしまうこともない。

角を曲がるということは、自分がどこにいるのか分からなくなることだ。加えて物忘れも激しいこのごろ。

さあ、ナビだ。

まずは亭主が使ってみることに。まるで新しいおもちゃを手に入れた幼稚園児のごとくパネルと遊びだす夫。まずはお盆にこれを使って実家まで行ってみようということになった。

当日、ナビはいきなり「いつもの道」を逸れ始めた。

「ちょっと、この道間違ってんじゃないの?」とわたし。

「いや、ナビがそうしろって言うんだからさ」と夫。

夫婦のあいだに微妙な隙間を作りながら、しかしナビの指示はいつもとは逆方向へと彼を誘う。いつものインターチェンジには目もくれず、ひたすら一般道を走らせ狭き道へ、そして手のひらを返すように「ここよ」といきなり高速道路へご案内。

「知ってる道に使う必要ないじゃない」

女房より若いナビが可愛い男の意地が、いっそう静かな車内に充満する。高速道路を降りたり再び乗ったりしながら、実家にたどり着く頃にはもうすっかり夫婦の仲は冷え切っていた。

神よ、わたしの人生にもナビを。


（「月刊公募ガイド」２０１６年12月号）

亀甲縛り

一芸を持たねばならぬ。子供のころからなんとなくそう信じて生きてきた。

親がふたりとも職人だったことも関係しているかもしれない。

一芸か。つぶやくばかりであまりモノに出来た記憶もなく過ごして早五十一年。好きなことしか続けられないが、好きなだけでも続けられない。

ここはひとつ周囲が「あっ」と驚くような芸をひとつ身につけようと決めた。思い立ったが吉日。その日たまたまワタシの仕事場に遊びに来てくれた踊り子さんに相談。

「これ、覚えたいんだけど」差し出したのは、赤いロープ。

「紫乃さんが、亀甲縛りですか」と、静かに笑う芸道三十年、ストリッパーの彼女。

「うん、ジーンズとTシャツの上から赤ロープ締めながら歌うっていう芸を思いついたんだ」とワタシ。

歌はなんですか、と問われ「人形の家」と答えた。「わかりました」と頷く踊り子さん。

「いいですか、ここにこうして結び玉を作り、首にかけます。ぐいっとお尻のほうにまわして、腰からここに通すと、亀の甲羅がひとつ」

なるほど。出来上がりを見たことはあっても、縛る過程を体験するのは初めてだ。

「しばり」には「しゃべり」が必要だと学んだのもこのとき。なんたって、この赤ロープ、二十メートルという長さ。ロープの端を探さないようにして腹や胸に亀の甲羅模様を作ってゆくのは容易じゃない。どこかで必ず絡まり、慌ててしまう。これじゃあせっかくの「芸」が台無しだ。

「紫乃さん、練習しかありませんよ。手元を見ないで縛れるようになるまで、とことん練習するんです。そうすればロープが自分から巻き付いてくれますから」

芸道三十年の言葉は重い。習うワタシも本気だが、教える彼女もまた本気。昨日今日思いついてすぐに身につくような「芸」は、明日すぐに離れていってしまう。ここはひとつ、歯を食いしばって――

「みなさまこんばんは、今宵あなたと楽しむ、サクラギの緊縛劇場、どうか最後までおつきあいくださいませ」

片手でロープの結び目を開いたあと、首にかけ、座骨神経痛でぴりぴりの尻をくねらせながら、必死で踊り歌う。

「いい調子、そうそう」おだてる彼女はプロ。

練習すること数日、一度観客の感想を聞いてみたいと家族に持ちかけたが、全員が無視した。え、せっかく頑張って練習したのに。よーしわかった。見たくなるまで練習すればいいのだ。幼いころから言われ続けた父の言葉が蘇る。練習に勝る才能なし。

（「月刊公募ガイド」2017年1月号）

「絶対に辞めないで」

新人賞をいただいたあと、単行本デビューするまでに五年半ほどかかったのだが、これは少し長めだとあとで聞いた。毎日原稿のことで頭がいっぱいの五年半だから、まあ短くはないだろうけれど、それしか考えていなかったので今となっては「あっちゅうま」。

その五年半のあいだの忘れられない出来事をひとつ。

毎日小説のことを考えて暮らせるのはそれはそれで幸福に違いないが、送った原稿に二年くらい反応がないと、内心ちょっと焦る。「もしかして、新人賞はまぐれだったかも」といった不安が過《よぎ》るようになるのだ。その不安が日増しにつよくなってきたあたりから、筆が迷走を始める。雑誌掲載も一本きり、もう誰が担当か分からないという状況が訪れると、軽くめまいなんぞ起こしたりして。

新人賞受賞後「自費出版」「同人誌」という道を断った自分に、もう戻る場所はなし。もともと戻るあてない旅ではなかったか、と己を叱咤するも状況変わらず。

次第に周囲も苛《いら》つき始め、実家の母からは「周りに恥ずかしいから、なんでもいいから早く本を出して」と泣きながらの電話が入る。

思いあまって、そのころ仕上げた短編原稿を他社の賞に応募した。決して褒められた行動じゃなかったけれど。結果、最終選考に残ったという電話が入った。担当のかたは大変好意的に読んでくれていたのだがここで、とある疑問が生じる。この賞、本名で応募したとはいえ、書いたのは同じ人間だ。

「すみません、数年前、他社の新人賞をいただいたことがあるんです」

後々のことを考え（崖っぷちなのによくそんな余裕あったなあ。取れるつもりでいたのかオイラ）正直に告げた。

「ち、ちょっと待ってくださいね」驚く担当編集者。

そして翌日、わたしは最終選考から外れた。無名の新人、という枠に「新人賞受賞歴のある書き手」は含まれないという。そのときの担当さんが、候補取り消しの電話で何度も何度も言ってた言葉がある。

「あなた絶対に小説を辞めないでくださいね」

最終選考に残ったのだし、という安堵と「絶対に辞めないで」のひとことに励まされたのは言うまでもなく。

直木賞をいただいたあと「実はこんなことがあって」と周囲に話し、十年前に電話口で励ましてくれた編集者を探した。名前を忘れたのは不覚だった。が、そのひとは受賞本を作ってくれた会社の、偉いひとになっていた。十年を経てご本人に直接お礼を言えたのも「続けろ」の言葉が持つ魔力だろう。

お礼のチャンスは、原稿用紙の裏に隠れていたのだった。

（「月刊公募ガイド」２０１７年４月号）

ずれずれ草　振り返り

「公募ガイド」の巻末エッセイとして「サクラギのずれずれ草」というタイトルで書いたもの。

「アマチュア時代の小説修業、主婦と小説の両立についてなど、自由にお書きください」というご依頼に「ラブドール」と「犬の糞」の話はなかったよな、と反省している。表現者を目指すひとにとって、なんのアドバイスにもならなかった気も。ちょっと自由に書きすぎたかもしれない。

裸族たち

ある小屋での一夜

ストリップ小屋に行くようになってから十年と少し経った。そのあいだ、華々しくデビューしてはすぐに小屋を去る踊り子さんたちを何人も見た。

追究したい世界が明確、というのはおそらく、表現の世界では諸刃。お金を払って見にきてくれるお客さんを満足させつつ自分の世界を守るのは、踊り子さんじゃなくたって至難の業だ。理想と現実のギャップに悩みつつ脱ぐ。

それは小説もたぶん同じ。

その日道頓堀劇場でトリを取ったのは「篠崎ひめ」だった。彼女の体には迫力というのがない。ドバーンと舞台からはみ出してくる体じゃない。華奢なのだ。

自慢するほど足繁く通ったわけでもないのに、なぜか彼女のステージに遭遇する機会が多かった。ジャグリングやブリブリ衣装はいいとして、撮影タイムでのベタベタとした喋りが、正直どうにも苦手だった。

「え？　篠崎ひめがトリ？」

ちっちゃなアコーディオンを弾きながらの、相変わらずこちらが苦手とする前衛芸術めいたステージだ。が、しかし！

ダンス、脱ぎ、ベッドショーの流れに、一切の無駄がない。これぞトリのステージ！　彼女はすべてのパートでアコーディオンを離さない。切なげなアコーディオンの音が、本当に彼女の指先から流れ出ていると知ったとき、観客は一気にひめの世界に引きずり込まれた。圧巻とは、ああいうステージをいうのだろう。客席は静まり、だれも動けなかった。音楽と彼女の官能世界が完全に重なった瞬間だった。ストリップ、これがあるからやめられない。どんな表現世界にも天才はいるだろうが、彼女はそうではない。突き詰めて突き詰めて、突き放してようやく、自分の表現世界を手にいれたんだ。

フィナーレのないラストの回では、トリの踊り子さんが客席に出てお客さんを見送る。出口のそばにちょこんと座る「ひめ」と握手をしながら思わず訊いた。

「ひめ、何年演《の》ってたっけ？」

「十二年、えへ♪」

「今日のステージ最高だったよ！」

いいステージを見てこちらが泣くことはあるけれど、踊り子さんに泣かれたのは初めてだった。やっぱりハダカっていいな。

ひめ、このステージまでの十二年、一秒も無駄じゃなかったよ——

（「小説現代」2011年12月号）

涙のオープンショー

手元に伝説の踊り子・清水ひとみの『東京ストリップ』という写真集がある。サイン入り。サクラギ自慢の一冊。初めて会えたのは既に彼女が引退して、指導にまわったあとだった。ワタシが単行本デビューするずっと前、なにを書いても、何枚送っても、原稿はすべてボツだったころだ。

「踊り子さんのお話を書きたいんです」とせっぱ詰まった顔で頼み込んだワタシに、彼女は言った。

「いいですよ、舞台も楽屋も、何でも見てってください。どんなお話にしてもいいし、わたしを鬼にしてくださっても悪魔にしてくださってもいい。同じ表現者として、できる限りのお手伝いをします」

ボーッとしてはいかん、サインをもらわねば。開いたページは、緊縛姿でも浅草の街を見下ろす物憂い横顔でもなかった。裸のプロが不意に見せた、偶然を疑うほど恥じらいに満ちた笑顔だ。

「わ、ワタシこれがいちばん好きなんです」。緊張でひくひくしていると、彼女は写真と同じくにっこりと笑った。あの笑顔、一生忘れない。彼女は舞台を降りても、目の前にいる人間の「恥ずかしさ」を引き受けることのできるホンモノの踊り子だった。

　札幌道頓堀劇場（残念ながら閉館）、その週のトリを取っていた踊り子さんは、デビューしてまだ二年目だった。「あの子は天才」と彼女が言った。話しているときは二十歳の女の子なのだが、舞台に演《の》ると顔つきが変わる。目の光が違う。一切の「素」がなくなるのだ。「この子は客席などあってもなくても踊るのではないか」という錯覚を起こさせる。

　いいものを持ってる子は、同じくらい暗い部分もあるという。自傷行為、浪費、男。何人もの家族を裸ひとつで養っている子もいる。手っ取り早い風俗ではなくなぜ踊り子だったのかが彼女たちひとりひとりの「物語」だろう。本人の中でちゃんと折り合いがついている子は、表現世界もつよいと聞いた。憧れで門を叩いた子には、当日とりあえず裸で舞台に立たせてみる、という。

翌日もやってくるかどうかが「憧れ」と「仕事」の分かれ目だ。取材を終えて、失礼とは思ったが正直に「舞台が恋しくはないですか」と訊ねてみた。「ちゃんとしたステージをお見せするためには、一年間みっちり体を作らなきゃいけません」。彼女にとって初舞台を踏むときの一歩と最後の舞台を降りる一歩は、きっと同じ歩幅だったんだろう。いいステージを観ると、ストリッパーが捨ててきたものの多さを思う。親、きょうだい、恋、故郷、無駄な自尊心、そして傷。あらゆる過去を舞台にして、彼女たちは踊る。

先日、もう十年以上は演ってるだろうという子が、いつものようにたらりと踊ってたらりと脱いでソデに消えた。「ああ、いつものことだなぁ」というワタシの安堵を覆したのは「オープンショー」だった。「B級タレント」と描かれた法被を着てパカッとV字に開いた脚。そのつま先の「トメ」、笑顔の「ハネ」がすべて、実に見事に決まるのだ。たらりとしなくてもいい技術、あるじゃないの。あえて「B級」名乗ってんのかよ。彼女が舞台で生き残るために捨てたあれこれを思い、泣いた。ワタシはその日、担当編集者に、いちまつの期待を込めて問うたのだった。

「ねぇ、ワタシが小説書くためのに捨てたもんって、いったいなんだろう」

「オンナじゃないですか」

上等だ——

（「野性時代」２０１２年２月号）

ストリッパーと小説書き

北海道出身の、たたき上げのストリッパーを知っている。彼女のステージを初めて見たのは十年前。まだススキノに劇場があったころだ。

デビューは地味な事務所からだった。トラブルに巻き込まれ仕事を干されたときも、自力で復帰した。ファンは彼女が舞台に戻ったことを心から喜んだ。しかし不死鳥のように復帰を果たし、仕事が軌道に乗ったころ彼女は怪我をする。舞台上でターンする際、床の継ぎ目にヒールをとられての、脚の複雑骨折だ。踊るのはもう無理だろうと誰もが思った。けれど、彼女は再び舞台に戻ってきた。

生粋の踊り子は気力で舞う。彼女の舞台を見ての素直な感想だ。陸上選手さながらの手術を繰り返し、再び踊り始めた彼女と舞台袖で話した。「戻ってきてくれて嬉しい」と伝えると、踊り子スマイルが消えた。

「ここしかないから。わたし踊ることしかできないから」

はっきりとは覚えていないが、「ありがとう」と返したような気がする。

今も「小屋」という言葉は残っているのだろうか。ストリップ劇場は、どの世界からでも入ってくることができて、逆にどの世界へも飛び立ってゆける場所になっている。ビデオ界で顔を売った踊り子さんのギャラは、ストリッパー一本でやってきた彼女たちよりずっと高い。

先日届いた手紙には「最近若い後輩たちが次々と引退してゆきます。取り残されてゆくような毎日ですが、私はもうしばらくストリッパーでいます」

とあった。
今、彼女たちが劇場に呼ばれるか否かを左右しているのは撮影タイムの写真売り上げだという。一枚五百円。劇場に呼んでもらうには、十日間で五百枚が必要と聞いた。劇場は、癒やしや息抜きの気配がない、過酷な競争の場になってしまったのか。

届いた手紙は便箋ではなく写真の裏側に書かれていた。せっかく写した踊り子さんの写真を、家に持って帰ることができないファンがいる。彼女は衣装を着てポーズを取った写真の裏に、桜木への手紙を書く。読む私と書く彼女がいる。私たちの間にはファンが残した写真がある。

彼女が精魂込めて踊り脱ぐ場所と、私が現時点のすべてをつぎ込む原稿に、いったいどんな違いがあるだろう。彼女の手紙は続く。

「写真の売り上げにとらわれ、ステージの質を下げてしまう踊り子さんも多いのが現状です。けれど、どちらのクオリティーも維持してゆくのが、この世界の最後の砦のような気もしています。踊る場所を確保するために撮影をし続ける。ストリップ劇場は今、いちばん大変な時を迎えているのだと感じます」

キャリアは三十年を過ぎただろうか。最後の砦、か。どんな世界も変化してゆく世の中だが、ストリップという言葉が過去の文化として語られるのはあまりに悲しい。できることなら五十、六十になった彼女が、磨き上げた芸でつとめる舞台を、この目で見たい。ストリップと小説。今も昔も、私たちが問われる「質」は変わらない気がする。

（「文藝春秋」2013年10月号）

「人生一路」

車、電車、飛行機――移動中は常に音楽を聴いている。お気に入りの曲を聴きながら、流れてゆく景色を見るのが好きだ。演歌からジャズ、ロック、クラシックから歌謡曲、そして映画音楽。ウォークマンにはごった煮状態で好きな曲が入っている。恥ずかしながら、音楽雑食である。国籍もジャンルもない。レディー・ガガのバラードを聴いていると、己のテーマ曲である美空ひばりの「人生一路」を聴きたくなったりするから面白い。

ストリッパーの出てくるお話を書いているときは、原稿書きの最中でも音楽を流している。文章で踊りを組み立ててゆくのだが、自身に実際に踊ることのできる体はないから、ひたすら文字で表現する。

ダンスから脱ぎ、ベッドショーという流れのなか、一心に観客を喜ばせるための曲選びをする彼女たち。選ばれた曲の数々には、いつもある種の驚きがある。なぜかどれも潔いのだ。

先日、この道三十年という馴染みの踊り子さんのステージを観た。一曲目、彼女は華やかな青いドレスで現れポーズを決めた。ハバナ――イッツ・マイ・ライフ――リベルタンゴ――明日に架ける橋。手拍子をしているうちに涙が出てきた。今日の客席を観てから決めた演目だとすぐにわかった。サクラギが連載していた『裸の華』で使った曲ばかりだった。彼女が読んでくれていることをその日まで知らなかった。同時に、踊り子の表現作法は常に現物(清潔なお色気)だったことを思いだした。お客さんには二十分で元気になってもらわなければいけない世界なのだ。

ストリッパーは客席が三席しか埋まっていなくても、立ち見がいても同じように踊り、脱ぐ。どんなベテランも、日々の訓練なくては怪我のないステージを続けられない。音楽と時間は等しく今を流れてゆくもので、いっときもここに留まってはくれないが、彼女たちが舞台に一瞬を賭ける姿には「人生一路」がよく似合う。

(「オール讀物」2015年7月号)

タイトルの神様

「サクラギさん、新官能派としてはできればもっとエッチなタイトルを」

担当T氏が、受話器の向こうで囁くように言った。

「それは勃たないところをタイトルで起こせということで？」

「いえ、そうゆうわけでは……」

ではなぜ、と詰め寄れば、

「ですからもっとエッチな……」

傷つきやすい昭和の同胞をこれ以上苦しめてはいけない。よっしゃ了解。

こんな時の必須アイテムは亭主がひた隠しにしつつさっぱり隠しきれていないエロＤＶＤ。ワタシの辞書にはない「エッチな言葉」を引き出すため、夫の机の下に並ぶ法律本の、そのまた下の段ボールからチョイスした一枚。最もエロそうなタイトルの隣に添えられた「熟女」の二文字。まさか、いや、そうか、そうなのか――

真っ昼間に、スイッチ・オン。

ひえぇ〜。下っ腹と乳に妙な親近感を覚えざるを得ない熟女の洋子さんが、若い男複数に「りょ、りょ、陵辱されてる〜」。エグすぎて「エッチ」な言葉が浮かばないどころか、哀感と脂肪たっぷりの肉体は身につまされて涙さえ出てくる。

ダメじゃんサクラギ。

仕方ないのでフランス映画で別世界を旅することに。やっぱりアラン・ドロンはいいわ。顔といわず背中といわずとにかく肌がきれい。ふと「肌」の明朝文字が浮かぶ。

「お、来たか、神よ」

追い打ちをかけるべくもう一つのアイテム「卵かけご飯」を丼一杯食べて心に栄養。洋子さんの下っ腹映像がスッキリと抜けた脳裏に転がり込んで来たのが「恋」。

よっしゃ『恋肌』だ。これで行こう。

早速T氏にメールする。二文字だけフォントを変えるほどの意気込み。ワタシはこれで行きますよ、と。するといつになく早いレスポンスが。

「いいです『恋肌』！　とてもエッチです」

良かった。無事T氏の「エッチ中枢」に訴えることが出来たようだ。心から安堵したのもつかの間、人として大切なことを忘れていることに気づいた。「お礼を言わねば」

ワタシをアラン・ドロンの美しい肌へと走らせ、一時間ものあいだ若い男たちの容赦ない責めに耐えていた「エッチな奥さん」役の洋子さん、『恋肌』無事刊行の功労者はあなたです。この場をお借りして心からお礼申しあげます。熟女バンザイ。

（「小説すばる」２０１０年１月号）

かわいい顔で……

きいてくれ、どうやら出版業界にはそのようなコトバが存在しているのだ。

KADOKAWA美女軍団。

なに、それは本当なのか、オイ、とあやしむあなたに見せてあげたい。サクラギ担当の彼女たちを。六年前『砂上』を書かせむ、と、サクラギの尻をたたき続けた、単行本担当のA子は、この世にこんなキュートなべっぴんがいるのか、と思うくらいかわいかった。意図あって過去形にしている。察してほしい。彼女がまさか『砂上』に出てくる、小説を書かせるためなら何でもやるぜ、な編集者に変身する日が来るとは。

「書けるかなぁ」とぽろりもらした寿司屋のカウンターで、常人の五倍速で握りを腹に入れた後、これが生きた人間の顔か、と思うような能面になり、彼女は言った。

「書いてもらいますよ」

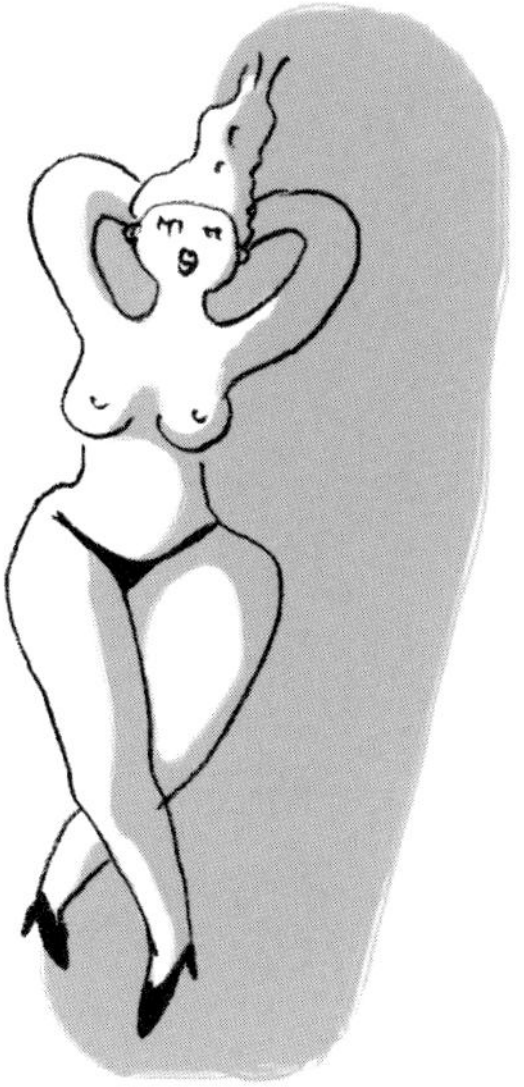

「よ」に妙な力が入っており有無など言わせぬ迫力。本当に怖かった。直担当をはなれても、A子が作ったサクラギ操作マニュアルは引き継がれているようだ。先日文庫担当の、これまた美しいA美に、「できるかなぁ」と弱音を吐いたら、すかさず「やってもらいますよ」と帰ってきた。頼むからそんなかわいい顔ですごまないでくれよ。

（『砂上』刊行記念ペーパー「日刊おばんです」2020年7月）

2020年11月吉日

道新のムービー加藤さん・ご乱心

日刊おばんです号外

タイトルは『ハダカの桜木』にしましょう。ムービー加藤の満面の笑みに、思わず便所スリッパを持った記憶も、いまはなつかしく美しい思い出に……ならんって……。

出来上った本を手に喜びを語るムービー加藤氏

昨年の秋、北海道新聞のムービー加藤氏が、すっと目の前に現れて言ったのだった。

「サクラギさん、エッセイ集を作りましょう」

作るのはええけど、これから書くのは面倒くさいと、はっきり言ってしまい一瞬嫌な空気が流れたものの、そこは大人。

「いやいや、今まで書いたものをまとめるんですよ」とムービー氏。ほほう。なるほどとうなずいていたら、怪訝な表情に。

「データはお持ちですよね」

「いや、書いて活字になったら用ないし。ないよ」

私の手許に一切の原稿データがないと知ったときの、ムービー氏の能面のような顔こそ、大切な歴史として残す価値があると今でも本気で思ってるがどうだ。


その後、約10ケ月の時を経て、あちこちに書きちらかしたサクラギのコラムやエッセイをかき集めたムービー氏が江別までやって来て言ったのだった。

「タイトルは『ハダカの桜木』にしましょう」

ふざけとるんかおお、と思わず便所スリッパで殴ってしまいそうになるのをおさえひとこと「いやだ」。

デビュー前からの、古い古いコラム「ブンゴーへの道」から最近のものまで、約20年近くの期間、なんだかんだと、けっこうあった。

あれも削り、これもすてやってるうちに、やけに薄い本に。いいのか?!

言い出したことをちょっと後悔しているそぶりを見せつつ、ムービー氏は吐き捨てる。

「映画ホテルローヤルの宣伝に便乗して売りますよ!!」

ご乱心は続く。


(さ)

III

北の風景

そろそろ咲かなくちゃ

四月生まれなので、この時期はいつもそわそわする。「どこかへ行かなきゃ」と。きっと母の腹の中でも「そろそろ生まれなきゃ」と思っていたのだろう。思ってから四十七年経った。四月は何となく「使命感」が芽生える月だ。

落ち着かないのは北国の花々も同じかもしれない。雪の残る景色のなかで「咲かなくちゃ」「でもまだ寒いし」と心揺れているように見える。

実は生まれ育った道東の釧路は、桜の開花が日本一遅い。毎年根室と「後を争っている」。釧路町では五月の終わり頃に「日本一遅い桜まつり」が開催されるくらいだ。春を告げる桜の花が、道東ではしんがりを務める責を負っている。

お天道様が相手のことだから、必ずしもその日に桜が満開ということにはならない。葉桜だったり三分咲きだったり、「しんがり」の責任も「まつり」となれば重かろう。耐えろ、桜よ。

内地の歳時記と北海道のそれが相当ずれているというのは知っていたが、はっきりと自覚したのはつい数年前。関東からのお客様をお迎えしたときのことだった。五月の北海道は初めてという彼女は開口一番「こちらの桜はなぜこんなに暗いんですか」と問うた。そんな質問は初めてなので、つい問い返してしまった。「暗い？」

「ええ、なんだかぼんやりと暗いです」

ぼんやり暗いと言われても……。

ひょっとして己のことを言われているのか、と困惑したのもつかの間。すぐに「おお、そうか」と納得し、にこやかに答えた。

「関東の桜はせっかちで花だけが枝いっぱいに咲き誇るけど、北の桜は葉陰で咲くんですよ。ひかえめなんです。そろそろ時期かなぁ、そわそわしてきたしなぁって。葉っぱも、いいかげん咲きましょうか、わたしも応援しますからって、そんな感じなんです」

北海道に在れば、桜だって北海道仕様になる。ってなことを伝えると、彼女は大きくうなずいて言ったのだった。

「北海道って、おおらかですね」

おおらかって言われたって……。

上手いこと伝わらない微妙な気配に再び困惑するわたくし。

だいたい「おおらか」「こだわらない」と評されるくらい、困ることはない北海道民。本人はそんなつもりはまったくない。「急ぐ」ことと「競う」ことに対してちょっと億劫なのは認めるけれど（ここで筆者「億劫」が非常に便利な言葉だということに気づく）。

　遅い春、いっせいに色を放つ北国の花々を見ていると、この地に生まれ育った人の気質なんぞというものを考える。筆者の周りにいる北海道人は「面倒くさがりだが律義。律義だがどこかのんびり」という感じ。

「どこかへ行かなくちゃ」

「そろそろ生まれなきゃ」

　おのが心に春の息吹とともにうっすらとそんな思いが芽生えるのも「のんびり」と「律義」のあらわれか。南北にひょろ長い国であるし、南にしか咲かない花もあれば、北にしか咲かない花もあるだろう。人も花も土地に似合った咲きかたがある。

　そわそわしつつ、気温と相談。無理せず焦らず。今年もやっぱり北の桜は「お待たせして申しわけありません」とつぶやき（心の隅でしんがりを誇りつつ）葉陰でそっと咲くのだ。


（「朝日新聞」２０１２年４月10日）

影のない街

久しぶりに釧路を訪れた。出版社による直木賞受賞記念の写真撮影だ。七月末、街が海霧に包まれる時期。釧路駅に降り立った際「いちばんいい時期だな」と思った。予想最高気温一八度、最低気温一六度。朝と夜の気温差がほとんどないのだから、やはり夏なのだ。この景色を見てもらえれば、わたしの内側にある歳時記のズレをわかってもらえるんじゃないか。淡い期待も湧く。

太陽は厚い雲（あるいは上空の霧）に遮られ、どこにあるのかわからなかった。こんな空を見ているとどうしてもポール・ボウルズの『天蓋の空（シェルタリング・スカイ）』を思いだしてしまう。街を覆う蓋が守っているものはいったい何だろう、ひとはいったい何に守られているんだろうと思う。

重たい機材を背負いはるばる来てくれたカメラマンは（ワタシからすればかなり）若い女の子。彼女はにっこりと笑ってその日の釧路を「影のない街」

と表現した。「晴れていると影ができるので、撮影場所や角度が限られてくる」ものらしい。彼女にとってその日は絶好の撮影日和だったのだ。

「影のない街」でのびのびと、好きな場所で撮影してもらえることを素直に喜んだ。同時に言葉の選択について、とても勉強になったひとときだった。

もしも彼女が「太陽のない街」と表現したら、その言葉はわたしの内側に留まらなかった。「影のない街」だったことで、タイトルとして存在し始め、じわじわと土中で物語の芽を膨らませてくれたのだ。太陽が主語ならば視点は空を仰ぐが、影の場合はあきらかに下を見ている。陽光がないことを喜ぶ人がいる事実に気づけたのも、その日の収穫だった。

釧路川河口で、幣舞《ぬさまい》橋を背にして、出世坂の途中で、湿原を背景にして、撮影は順調に進んだ。そして、最後の撮影は港湾を望む防波堤の上で行われた。地元釣り師の穴場だ。

防波堤に立ち太平洋のにおいを肺いっぱいに吸い込むと、なんだか泣きたくなった。父とふたりで一日中釣り糸を垂れていた子供のころと少しも変わらぬ景色が目の前にある。

あの日父は釧路の街と釣り竿の先を見ながら、我が子に話しかけることもせず、早朝から夕方までずっと何を考えていたんだろう。父が、土日の楽しみが魚釣りだけの床屋で終わることを拒否したのは、いつだったろう。

撮影場所となった防波堤の上でカメラを向けられながら、父が「ラブホテルをやる」と告げるために要した時間を思った。床屋の親父がラブホテルオーナーを夢見た日々が、防波堤の上で残像のように頭をかすめてゆく。

「このまま終わりたくない」と奥歯をかみしめた日の父は、太陽ではなく自分の影を見ていたのではなかったか。

「影のない街」ですべての撮影を終えたとき、空模様とは逆にわたしの心は妙に晴れ渡っていた。


（「産経新聞」２０１３年８月５日）

北海道の風に吹かれて

『蝦夷梅雨』という言葉がある。梅雨とはいっても内地とはまったく違う。芽吹きの頃よりもどことなく肌寒く感じられるこの季節が、北海道生まれの気質そのものではないかと思う。親兄弟を捨て、おいそれとは戻れぬ新たな土地で生きてゆく者に、この冷涼な土地が教えたものは何だったのだろう。

私の知り得るいちばん古い先祖は新潟から渡ってきた亡き祖父なのだが、彼の言葉のなかに『時代の生んだものを食ろうて生きよ』がある。冷害で米の収穫が需要に届かなかったころ、国内外の米を混ぜた「ブレンド米」が市場に出たのだが、誰もがその米を決してよくは言わないころのことだ。

蒲鉾職人として生きた祖父の一生はとても地味だったが、この言葉にみられるように、生まれた土地や物あるいはひとに執着のない柔軟な思考は、北海道で生きてゆくための大切な要素だったように思う。ここで言う「時代」

とは「自己」でもあるだろう。

道民気質の根底に、風に吹かれるという生き方があることを教えてくれたのは、初めてこの地を踏んだ祖父母だった。流れ着いた土地で不平を言わず生きる、という姿を実際に見せてくれた人でもある。

しかし実のところこの「乾いた気質」をありがたく感じられるようになったのは、人生三分の二を過ぎそうな今ごろになってからだ。北海道を出ないのは、ここが居心地良いからだと気づいたのも最近。涼しさと、季節ごとの風は、同時に「ほどよく飽くこと」も大切だと教えてくれる。ありがたいことにこの土地は、雪に飽きたころ木々が芽吹き、暑さに飽いたころ秋風が吹く。祖父が生きていたら、「ずいぶん都合のいい考え方」と笑うだろうか。「いいと思いませんか」と今なら返すことができる。

なので『時代の生んだもの』とつぶやくとき、自分たちがこの地でなにを「生んだ」のかを問われているように感じる。今後「生む」ものにも思いをはせる。そして「飽く」からこそ、今日と明日を楽しめることにも気づくのだ。生まれた場所で生きるということは「飽いて捨て去る」ことの連続かもしれない。
成長は、その先にある。
気づけば、とうの昔に祖父母が北海道に渡ってきた年齢を超えていた。
蝦夷梅雨の季節に。

（「朝日新聞」２０１４年６月２日）

遠い夏
色のない海

幼いころの夏の景色には、あまり色がない。雨後の水たまりでの砂鉄集め、あるいは一日中海を見ていた釣りの記憶のせいかもしれない。
男の子を持たなかった父は、夏になるとよく長女のわたしを魚釣りに連れて行った。釧路近郊の砂浜や港の岸壁を、重たい釣り道具を抱えて我が子と歩くのは、息子ではなかった残念さをさっ引いても、過ぎてみればけっこう豊かな時間だったのではないか。これは子供をふたり育て終えてみて得られる、親としての素直な思いだ。

北海道の東側にいた頃は、お盆を過ぎると秋風が吹いていた。そして内地より短い夏は、海からやってくる海霧によっていつもけむっていた。半世紀近く経って、ずいぶんと気候も変わったと頭や肌では感じられるのだが、記憶の塗り替えはなかなかできない。これは父と釣り糸を垂れていたひと夏の積み重ねが、あまりに長く鮮やかだったせいだろう。

わたしたちはよく、陸から一キロほど飛び出た防波堤の先端にいた。夜明けから夕暮れまで、魚肉ソーセージとトマトを食べながら過ごす。釣った魚を捌くとき、父の手先は魚屋の息子に戻った。厚い霧に湿った空と海、ときおり雲間の朝日、夕日。気まぐれな太陽はたまにしか姿を現さないが、その朱色の鮮やかさは大漁時に父が浮かべる笑顔に似ていた。

何を考えているのか、父のだんまりは一日中続く。娘も黙る。ときおり竿の先が魚の抵抗のかたちとなって跳ねる。コマイ、カレイ、ときどきヒトデ。鼻歌すらもない岸壁の突端だった。黙々と餌を付けて竿を投げる父娘。鉛は、釣り場に合わせた父の手作りだ。

同じ時期、母は妹を連れて新興宗教の道場へ通っていた。男の卑屈さを山っ気で補っていた父のことも、生活の苦しさからいっときでも逃れたかった母のことも、もうずいぶんと遠い景色になった。

床屋という商売で、一家の長として、長男として、自分の置かれた場所で父がずいぶんと無理をしていたことが、今ならば少しは察することができる。戦後初のミリオンセラー「王将」を地で行くような男に、勝利の神がなかなか微笑めなかったことも。その妻の涙も。

霧にけむる夏の海に横たわっていたのは、夢破れた男の、どこに捨てるわけにもゆかぬプライドではなかったか。そう思えば男のだんまりにもうっすらとした答えが得られる。

いま娘は、色のない海が語りかける鮮やかな記憶を頼りに、どちらかといえば薄い色の物語を書き綴っている。デビューして十年が経とうとしているが、元手としている感情の壺は太りも痩せもしない。

あの日あのとき、在ったかもしれない日常と感情と景色、もしかしたらの出来事が自分の糧らしい。それでもときおり、想像と嘘で色づけて作り込んだお話のところどころに、削りがたい生煮えの一行が混じっていてはっとすることがある。父と母の傷が、娘の傷に変わる瞬間だ。小説は、書けても恥だし書けなくても恥に違いない。

夏がテーマのエッセーを書きながら、幼いころの薄寒い記憶ばかりが頭を過《よぎ》ってゆく。そして、書き手の親というのも気の毒な守備位置だと再認識する。この文が両親の目に触れないことを祈りながら、老いた姿に手を合わせる因果な日々は続く。

（「朝日新聞」２０１７年８月16日）

生きてると
いろんなこと　あるなぁ
いろんなこと　あるから
生きてんだろうなあ

サクラギ

書くこと

声が連れてくる原風景

この秋、釧路にて得難い体験をさせていただいた。釧路市立図書館主催、桜木著作の朗読会。

朗読は、文章とはまったく違う角度でひとの脳裏に新しい景色を与える。読み手の感性と、釧路という土地がもつ浮遊感が見せてくれた景色は絶品だった。声の主の来し方が、生きることへの意識が、音となって場内に響き、こちらの胸に落ちてくる。

「これはいったいなんだろう。どういう世界だろう」

朗読が終わっても、しばらくのあいだ述べるべき言葉を失っていた。声を使い空間を作ることと、朗読者それぞれの気概に気おされていた。あのときあらためて、書くことも読むことも、ひどく恐ろしいことに思えたのだった。

声も文章も「ひとの履歴」と思っている。何を書くか、どう表現するか。虚構を認めれば認めるほど、表現者は自己の内なる真実に近づいてゆく。

そこを「表現の断崖絶壁」と呼んでいるのだが、そこまで行かねば見えない景色もある。「書く」と「傷つく」はおそらく同義語だろう。今年はそこに「読む」が加わった。得難い体験とは、つまりそういうことだ。

朗読の世界に触れて、同行してくれた担当編集者が雑誌の編集後記にこう書いている。『読むと聞くでは印象が大違い。ストーリーは記憶しているのに、次のシーンがどう立ち現れてくるのか、震え続けた。釧路で貴重な体験をさせていただいた』。同感だ。

新人賞をいただいてから十年がたとうとしている。実は「さて、なにを書こうか」という打ち合わせや構想段階で、釧路が舞台と決めていることは少ない。どうやらわたしは、最初から釧路を舞台にして物語を構築しようとは思っていないようなのだ。

なのにテーマがはっきりするにつれ、浮かべる景色は「釧路」になっている。そこに、どんな引力があるのか、正直言うと書いているあいだもずっと謎のままだった。今回「声」という表現に触れ、人が個々に持つ原風景に気づくことができた。声は空間に立体の景色を連れてくる。わたしの内なる風景は、ずっと釧路に在るらしい。

新刊『ワン・モア』も道東の港町が舞台となった。担当編集者は三十代半ば。昨年夏に母親になった彼女が帯に選んだ言葉は『つまずいても傷ついても、人生はやりなおせる、きっと――』

わたしも手書きポップには次のように書いた。

『今日を生きて　明日も生きて　すこし泣いて　すこし笑って　毎日それで

充分です』

四十代半ばを過ぎた。一年がやけに早い。聞けばこれから先はもっと早くなるそうだ。ものすごいスピードで、かなしいことやうれしいことが胸奥を通り過ぎてゆくんだろう。だからこそ、とも思う。今できることをまっとうしよう、静かに自分の仕事をしよう。

（「北海道新聞」2011年12月26日）

波の先へ進むしかない

七月十七日、自宅を出る前に何気なく見た北海道新聞「易八大」の占い欄には「朗報有り」と書かれていた。予想もしていなかった直木賞の選考結果から、一か月半が経とうとしている。ジェットコースターで、見たこともないアトラクションを回り続けるような日々だ。

結果が出たら、関係各所に謝罪して（それしかできることがないと、昨年の経験から学んでいる）すぐに北海道に戻る予定だった。が、ものごとというのは本人の予測など関係のないところで動いてゆく。なんだ坂こんな坂の次は「まさか」だった。

エッセイ、撮影、取材。もう、何が何だかわからない一か月を過ぎたころ、やっと贈呈式へとこぎ着けた。気分は最後の打ち上げ花火だ。当日の昼には「笑っていいとも！」のテレフォンショッキングに出演。タモリさんは乾いた色気のある大人だった。精いっぱい、サクラギとしては百パーセント真面目に答えているというのに、笑われるのはなぜだろう。「ワタシ今、そんなに面白いこと言いましたか？」。疑問が解決されないまま、本番が終わった。東京でのアトラクションは驚くほどスピーディーだ。

けれど、なにも考える余裕がないというのはいいことだったな。余裕があるとあまり良い方向でものごとを考えないものだ。特に物を書く人間は。

当日、贈呈式が始まる前の四十分間は選考委員の諸先輩と歓談する時間。

最初に現れたのは和服姿の北方謙三氏。「まぁ、ここに座れよ」と、ハードボイルド全開のニヒルな笑顔に誘われて、図々しく隣の椅子に座らせていただく。

いつものことだが、サクラギはどんなに緊張してもそのようには見えない(らしい)。肝が据わっているのではなく、置かれた状況を理解するのに時間がかかるのだ。舞台の大きさに気づくころにはすべて終わっている。

そのときもやはり、周囲には「図々しいほどリラックスして」見えたようだ。ミーハー魂が己を救うのだから、それはそれでいいじゃないか。

ヘラヘラ笑いながら北方氏と歓談(「お前、あの話いいじゃねぇか」「いやぁ、嬉しい」などなど)していると、編集者のひとりが引きつり気味の笑顔で言った。「桜木さん、相変わらず緊張してませんねぇ」

いやいやいやいや、そういうわけでもないんだよ。内心ちょっと戸惑い気味のワタシの横で、御大が「フフッ」とハードボイルドな笑みを浮かべて言った。

「いいんだ、こいつは原稿書くときいちばん緊張してんだから」

心が急に軽くなる。緊張なんぞ、する必要ないじゃないか。こういう場合、ものごとは最大限良くとらえるのがいい。そうだそうだ。

自分を大きく見せることも、おかしな謙遜も不要なのだ。乗った船がなんだろうと、波の先へと進むしかないのだ。桜木紫乃が立たされた場所は、ハードルの高い厳しい場所かもしれぬ。けれど、今までどおり勉強を続けろという励ましには、真摯にお応えするしかないだろう。

「オール讀物」掲載の受賞対談にて、大先輩小池真理子さんからいただいたひとことはすべての書き手への慰めだった。

「作家って、よく言えば感受性が豊か、悪く言えば鋭すぎて、自分も他人も苦しめて、であるがゆえに書くことにしか興味がない人たち」

書くことにしか興味を持てないことを、今後は自覚しなきゃいけない。人や事象を心のどこかで冷たく見ている自分を許し、逃げ場がないことを受け入れて書く。

言うは易し。けれどもう、すべての道は断たれ、書くことしか残っていない。

（「北海道新聞」２０１３年９月３日）

花の贈り主

七月十八日の夜だった。受賞後の取材をいくつか受けてホテルに戻ると「お祝いのお花が届いております」とフロントマンが言った。

贈り主は「神崎武美」とある。住所も電話番号もない。「誰だろう」という疑問は、ホテルの部屋にひとりになって、深呼吸をひとつふたつするまで続いた。

めまぐるしい一日から袖を抜き始めたころわたしはその、閑《しず》かなたたずまいの花々から目が離せなくなった。

「神崎武美。あのひとだ」

夜鷹の腹から生まれ、浅草に育ち、唯一信じる「親」のために己を貫いた男。彼にとっての「親」は生んでくれた女ではなく、育ててくれた浜嶋組組長の辰三だった。親を守るためならば、自分の命などいつでもくれてやる。そんなひとだ。彼に出会ってから、人間の生き方は人の数だけあって、その一生の前では幸不幸の評価などまるで無意味だと知った。

花の贈り主は、神崎武美。『羊の目』（伊集院静著）の主人公、そのひとだった。しばらくのあいだ、ルームランプに照らされる花から目を離せなかった。直木賞とは、わたしに「人間の価値観」という大きな課題を与えたご本人から、お祝いが届くほどのできごとなのだと思った。ことの重大さに心が押しつぶされそうだ。

同時に、彼を生み出した作者から引導を渡されているような気がした。

「桜木、なにも気づかなかったならそれでいい。ただもう二度と俺の本は開くな」

新人賞から十二年が経った。どちらの選考会でも、厳しく優しい目で桜木を見守ってくれたひとだ。たった一度、お目にかかったことがある。「あなた大丈夫だから」という言葉をもらった。あのひとことを支えにして書き続けている。花が問うているのは「お前、次はなにを書くんだ」だろう。耳の奥で「覚悟はいいか」と響いている。

（「朝日新聞」2013年7月30日）

北の作家

きれいな文章だ。

十代の半ばに渡辺淳一氏の『阿寒に果つ』を読んだときの感想だ。出会い頭にパシッと額を叩かれたような刺激を受けたのを覚えている。

道東から一歩も出たことのない少女時代、小説だけはいろいろな土地へと連れて行ってくれた。旅に恋してそのまま内地、海外と読み続ければ良かったのだが、なぜかいちばん心落ち着くのは北海道が舞台の小説だった。

新人賞をいただいてから十七年が過ぎようとしているが、なかなか単行本を出せない時代に編集者からよく聞かされたのが氏の教えだ。

『人間だけ書いていても小説にならない。景色だけ書いていても小説にならない』もそのひとつ。人間と景色をさんざん書いてきた人でなくては生み出せないひとことだろう。

氏の育てた編集者が新人作家を育てているのだ、と気づいたのはここ数年のこと。小説家を育てているときの編集者はヒットを焦らないものだということが、遺されたエッセイでもよくわかる。書き手を無駄に焦らせないで小説を書かせるのは、けっこう大変。業に気づかせ業を書かせ、仕上がったものが「作品」になる。書き手より前に出て弁を垂れず、ひたすら待つ。鈍いふりをするのも編集者の仕事のひとつかもしれない。氏が言うところの鈍感力とは、包容力なのだ。

男女小説の大家と呼ばれるのは、逃げず偏らず人間を書かれてきたからだろう。お目にかかったのはたったの一度きりだった。直木賞受賞決定の夜、銀座のクラブ「数寄屋橋」にてご挨拶が遅れた生意気な受賞者に氏がひとこと「お前、あと十分遅れたら受賞取り消すところだったぞ」。戦国時代だったら首が飛んでいた。

氏にとって第一四九回が最後の直木賞選考会だった。「北海道で書いてるヤツがいるのか、どれどれ」と読んでくださったのかもしれない。

「先生、弱い人間をちゃんと弱く書けるのって、ご自身の弱さを認めているからですよね」。この質問を出来るほどの時間をご一緒出来なかった。そして「生まれて初めて美しい文章に出会ったと思えたのが『阿寒に果つ』だったんですよ」も伝えられなかった。

美しい文章はどんな物語も生かすことが出来る、と教えてくれたのも渡辺文学。小説は切った人間の切り口から血が噴き出す様を書くが、鮮やかに切らねばいずこもただ痛いだけだ。作家であり歌人でもあったひとは、三十一文字でも充分人間を表現できるひとだった。

二〇一二年、『くれなゐ』の新装文庫版解説の役をいただいた折、『「生きよ、愚かしくただ生きよ」と言われていたような気がする。少ない経験で知ったふりなどするな、と』と書いて送った。すぐに件の編集者から電話が掛かってきた。

「僕らはみんな、渡辺先生にそう言われながら育ってきたんですよ」

彼はそう言って、ほんの少し黙った。

北海道の片隅で二十余年、小説を書いている。何月にどんな雪が降り、何月にどこから雪が解け、いつごろ桜が咲いて、秋風の吹くのがいつなのか知っている。

渡辺文学に触れるとどうしても、北海道に生まれ育って書くことの意味を考えることになる。当然ながら北海道を舞台にすることが多いのだが、住んでいるところを舞台にすると、現実の人間が頭の中から消える。そこは、書き手にとっての大切な遊び場だ。大きくするも小さくするも自由。現実に見せかけた虚構が、頭の中の広場いっぱいに膨らんでゆく。

厳寒時に降る雪は脳内の広場でも現実でもさらさらで、雪玉を作ろうにもなかなか固められない。北海道生まれの書き手は、自らの体温を使って雪を解かさなければ固まらないことを、皮膚で知っている。

北海道のあたりまえを書けばよし——これも、渡辺文学に気づかされたことのひとつだ。

（「小説現代　特別編集」２０１９年５月号）

「ここ」はスタート地点

初めて彼女に会ったのは、二〇〇二年四月のこと。オール讀物新人賞の受賞式だった。取材をしてくれるという。

「小説の書き方を教えてもらえる」という勘違いを武器に上京した田舎者は、いったい彼女にどんな印象を与えたろうか。思いだすと、恐怖が湧いてくる。

訊かれたことには精いっぱい答えたと思う。それこそ、全力で。

「受賞作は性描写がいっぱいだったので、男性記者が来たがったんですが、わたしが」と彼女は笑った。なんだかふんわりとこちらを楽にしてくれる笑顔だった。

原稿用紙三十枚から八十枚、という規定のところを、五十二枚で応募した「雪虫」には、四回の性描写があった。実に十三枚に一回。多い、多すぎる。がしかし、言いたいことは言えたお話だったと思う。それゆえに、饒舌だった。

新人賞をもらっただけの人間に、彼女はとても優しかった。その後わたしにおとずれる時間がわかっていたのだろう。

式の後、ひとりの編集者が言った。

「僕らの心配は、あなたがもしかしたらこれしか書けないかもしれないってことなんだ」

手に持った黒い手帳で、膝を三回叩くのを見た。

そのひとことを腑に落とすために必要だった時間は五年。短くはない。けれど長くもなかったなと思う。

ぽつぽつと書かせてもらえるようになり、改稿を繰り返したものが小説誌に載るようになったのは、デビューから更に一年経ったころ。そのうち一冊二冊と、本も出してもらえるようになった。

彼女に再会したのは『ラブレス』の発刊後。新人賞受賞式から、十年が経っていた。名刺と顔を二往復。気づいたわたしを見て、彼女は十年前と同じ笑顔を浮かべた。

子供のころから、声を出して泣いたという記憶がない。けれど、いい年をしてその日だけは自分の耳にぎぃぎぃとうるさいほど、声をあげて泣いた。「よく、ここまできましたね」と彼女が言った。「がんばりましたね」ではない。「きましたね」だ。あたりまえの言葉などなんの意味もない再会だ。いつの間にか向こうも泣いていた。

そこから更に二年。東京會舘の記者会見場の、前列右側に彼女を見つけた。サクラギ、テカる額にフラッシュを浴びつつ「直木賞受賞記者会見」。

ぽん、と放り込まれた広間で、わたしはずっとヘラヘラ笑っていた。なんだかひどく楽しかった。バカにはバカの良さもある。舞台が大きすぎて自分がどこにいるかわからないのだ。

質問の途中で、彼女の笑顔が崩れた。鼻をズルズル。涙か、アレルギーか。どっちだ。

十年ぶりの再会で聞いた「よく、ここまできましたね」の声がよみがえる。心の中で「うん」と応える。精いっぱい笑う。

彼女の言う「ここ」は、常にスタート地点だ。

(「毎日新聞」2013年7月29日)

物語は光を欲している

支笏湖の温泉宿「碧の座」までの道すがら、大道芸人の前を通りかかった。

人だかり。ジャグラーのステージはもう終盤で、最後の口上に入っている。足を止めようかどうしようか——ゆっくりと歩くこちらの耳に、トーンの高い少し湿った言葉が飛び込んでくる。

「わたしはこの仕事に命をかけています。この仕事に誇りを持っています」それまでたしかにその場にあったはずの関心が、すぅっとステージから離れる音が聞こえた。苦労して身につけた芸の説明を自らがすることで、客席が見事にしらけてしまう音だった。

苦い気持ちでステージ前を通り過ぎた。言葉にしなくては逃れられない矛盾、あるいは憤りを抱えているのかもしれない——そんな切ない想像を、観客に許してしまう光景ばかりが胸に残った。

表現なり芸をおさめるということについて考え始めると、心が沈む。宿に着き、やるせなさから心を離したくて取るものも取りあえず湯に飛び込んだものの、かなわなかった。

先ほど見た景色の流れで、自身にも修業時間があったことを苦く思い出した。格好悪くて、とても言葉には出来ないし、ましてや「命を――」なんて、口が裂けても言えないくらい、情けなくみっともない時間だった。

ふっとしらけてしまった観客には、言語化せずとも同じ思いが過ったただろう。芸に説明は要らない。黙って拍手を浴びればいいじゃないか――若い頃の自身の格好悪さと重なり合いながら、そんな思いが湯と同じ速度で溢れてくる。

行き先が仕事場だったら、果たしてそんな思考へと流れ着いたろうか。日々の暮らしが少しばかり体から離れてゆくようだった。温泉の湯の効能に「日常剥離」を入れてみる。

しかし、湯あたりしそうなほど浸かっているというのに、やはり思い浮かぶのは日常と街角で見た光景だった。ああ、と腑に落ちる。非日常とは、日常を冷静に手に取り眺められる時間と空間のことではないのか。深く息を吸って吐くと、日々の生活のそこここに散らばっている小説の萌《きざ》しが、一本の糸となって頭上から落ちてきた。

当たり前のような顔をしてその糸を指に絡め取りながら湯船から出た。部屋に戻り、今しがた指に巻いた糸を解き、しげしげと眺めながらノートを広げた。書き手は無色透明の、空気か湯のような存在になって物語の中にいる。主人公の右側の肩口から離れず、同じ場所で同じものを見て、ひたすら登場人物の五感を想像する。

私小説ではないので、想像するだけで「なりきり」はしない。同じものを見るし触れるし考えるけれど、主人公とのあいだに必ず一定の距離を置く。登場人物と一緒に泣いていたら、客観から遠ざかり、物語が運ばない。

つくづく「ひどいことばかり考えているな」と思いはしても反省はしない。だいたい、要らないことを書いていると気づいたところで筆が止まる。想像に疲れる、ということもある。

いったんノートを閉じ、再びお湯に浸かってみた。

ぼんやりと、今度は客観性について思いをはせることになった。

「視点」は小説の要と学んできた。筆を執った段階で客観の構えになっていなければならないのは当然で、それが出来なければ視点がぶれてしまう。視点のぶれを防ぐ方法はいくつもあるのだろうが、ひとりの書き手にひとつしか備わっていないような気もする。徹底して自分のために書くのも、そのひとつだろう。

虚構を書いていると、子供のころから長く持ち続けている疑問が鮮やかに解ける瞬間に出会う。欲していた答えが年に一度、あるいは十年に一度手に入ることを知ってからは、半ばトレジャーハンターのような気持ちで原稿に向かうようになった。

小説は自分のために書く。物語は登場人物のために在る。虚構との距離が、自分に与えられた表現方法として非常に心地いいことも、ようやくわかってきた。

小説家は頭の中に、体の裡に、いつも別の人生を抱えている。充実も倍だが、心がすり切れることもある。

気持ちが乾いているようだ——

さて、なにをどう書こうか——

湯の中で、ふっと心が浮くような感覚が起きたところで、再び頭上から一本糸が降りてきた。するすると目の前に現れた糸の端を、再びゆっくりと指に巻き取った。

糸が示したのは、先の大道芸人が十年後、たんたんと芸を披露して大きな拍手を浴び、一礼して舞台を後にするシーンだった。

ああ、良かった。

物語はいつも、ほのかな光を欲している。

（「HO」2020年4月号）

依頼は七音

『無縁で書いて』

短編六本の依頼は、実に七音という簡潔さだった。

「無縁ですか？」

「そう、無縁。八月締め切りで」

この会話、二年前の六月半ばのこと。

毎月でもいいし隔月でもいい、とにかく好きなペースでという。好きなペースと言われても、連載なんて生まれて初めて。

「隔月でもいいですか」

我ながら相当大きく出たと思う。自信なんぞ、母親の腹に置いてきた。心もちとしては「これを逃したら一生連載などという言葉は聞けないかもしれぬ。二か月以上おいたら忘れられるかもしれぬ」。よっしゃ。

——おいおい、短編を隔月で？

それも二か月で方向を決めねばならんのだぞ。そんなこと、やったことないだろう。サクラギよ、それは「無縁」というより「無謀」ではないのか？

自問なんぞ役立たず。わかっとる。言ったからには書くぞ。書いたるわ。

意気込みは、わりと早くに萎えた。一本目（改題後「海鳥の行方」）「肩に力入ってますねー」。当然だ、連載だもの。だめですか、と問うわたくし。だめじゃないけど、と担当氏。

「直します。とことんやります」

こんなときに格好つけてどうすんだよ。ひとりツッコミは「癖」。

言ったからには……。毎度こればっかりだ。「STORY BOX」隔月連載。「無縁」というテーマは肩がずっしり重かった。血縁、地縁、社縁。ほかにもいろいろあるだろう人と人の「縁」。途中、アタマが割れるんじゃないかと本気で思ったのだが、まずは第一回掲載へ。

意気込みは、萎えるのも早いが復活するのもこれまた早い。第二話の打ち合わせ電話によって、またも「よっしゃ」と奮起する。

「男六十代、女三十代、エロなし」(なんだよ、そのエロなしって)というキーワードだった。担当氏とのイメージすりあわせのためにも、宿題は多いほうがいい。

「やります、書きます」

これが表題作「起終点駅《ターミナル》」となった。

書く、送る、ダメ出し、書く、送る、ダメ出し。

後悔を受け入れて生きる六十代の駄目格好いい男を書くには、「乾いたあきらめ」が必要だったのだろう。

三回、四回と続くラリーは、きついこともきついのだが「ここまでやりとりできたら活字にならんくてもいいかな」という不思議な境地を連れてくる。

「ではこれでゲラにします」

こっちが嘘泣きしても本気で泣いても、ひたすらクールに「泣く時間があったら原稿書いてください」という担当氏が、唯一天使に思える瞬間だ。

表題作を書いたあとは、敢えて「無縁」にこだわらなくなった。自分は何を書いても「縁」の話になってしまうようだ、という「乾いたあきらめ」を手に入れたのだと思う。

正直なところ己が書いた短編は読み返すのが苦しい。削いで削いでゆくと、なにやら自分の内側にある「真実」が見えてくるのだ。

「わたし、こんな場面ではきっとこうしちゃうんだろうな」と。

日々、息子と娘に言い続けていることを書いていたりもする。

「迷ったら、苦しいほうを選べ。必ず抜けていけるから。楽には楽のいやなことがあるんだぜ」

実に説教臭い。

「責了」の言葉が「寂寥」に聞こえた電話にて「ありがとうございます。一冊になることがご褒美です」とワタシ。鬼担当氏曰く「自分もです」。

明けない夜はないんだなぁ。

ベストを尽くした一冊が旅に出るこの春、関わってくださったみなさまへ、心から感謝しつつ、全編を振り返って浮かんだ言葉は次のとおり。

「始まりも終わりも人はひとり
だからふたりがいとおしい」

「無縁」というテーマから見えてきたのは「この世には無縁などない」という、温かな心の景色でした。

（「新刊展望」2012年6月号）

対談

桜木紫乃

×

愛《いと》海《うみ》夏《なつ》子《こ》

（シークレット歌劇團 0931 主宰）

シークレット歌劇團0931

札幌在住の女性ふたりが二〇〇二年に結成。「歌劇団ふう」の衣装とメイクで、「夢組」トップの銀河祐《ぎんがゆう》と紅雅《こうが》みすずを名乗る。年齢は「ふたり合わせて百五歳（二〇二〇年現在）」。団員は男女七人で、ミュージカル仕立ての芝居とレビューショーから成る公演を行っている。

自らを「中小貴族団体の貴族」、ファンを「平素より中小貴族が大変お世話になっている民」の意味で「平民」と呼び、公演やラジオ番組では「貴族と平民」として振る舞う遊びが約束ごとになっている。

劇団主宰の愛海夏子は脚本、総合演出を兼ねる。トップふたりがパーソナリティーを務める「貴族の時間」は、ＳＴＶラジオで日曜午後八時三〇分から放送中。

銀河 祐（左）と紅雅みすず

桜木　今日はよろしくお願いします。

愛海　こちらこそ、よろしくお願いします。

桜木　実は来る途中でいいもの見つけたんです。ワインのワンカップ。私、仕込み付きの対談は初めてです。愛海さんは白ですか、赤ですか。

愛海　素晴らしい。びっくりです。じゃあ、白で。

桜木、愛海　乾杯！

桜木　トークショー「中小貴族、お戯れの儀。」（2020年9月26日、札幌市教育文化会館）で、銀河様と紅雅様が、シークレット歌劇團の歴史を繙《ひもと》かれるのを拝見しました。実は申しわけないことに十八年も歴史があることを知らなかったんですよ。どこにいたの、この激しくおもしろい人たち、と思って行ったのが去年暮れの公演で。

愛海　あの時、初めていらしたんですよね。桜木さんが、いきなり（舞台に近く参加型の）Z席を買ったと後から聞いて、なんて冒険者なんだろうと思いました。

桜木　客席でああやってタオルを回すことも知りませんでした。周りがタイミングを計ってさわさわし始めたので、これは私も回さねばいかん、と。

愛海　タオル回したんですか？　うちの回し方は独特ですから面食らったのではないでしょうか。

桜木　もちろん。見てるだけではもったいない。私は常に当事者になりたいんです。

愛海　うちの団体の特徴として、古参平民が親切なんです。どう振る舞うべきかわからない新参平民に、すっと教えてくれて、いざこざがない。

桜木　私は去年突然、明らかに私とわかる平民ネームでシークレット歌劇團のラジオ番組「貴族の時間」に献上文を送って、いかんかったな、と反省したんですが、古参平民のみなさんは不愉快な思いをされていませんか。

愛海　いやいや、みんな盛り上がってますよ。すごくうれしいのは、「オンドレ桜木」さんが番組に登場したことで、桜木さんのことも知りたいという人が増えたこと。「自分たち平民の仲間である、オンドレ桜木さんの本、買っ

evian
alps

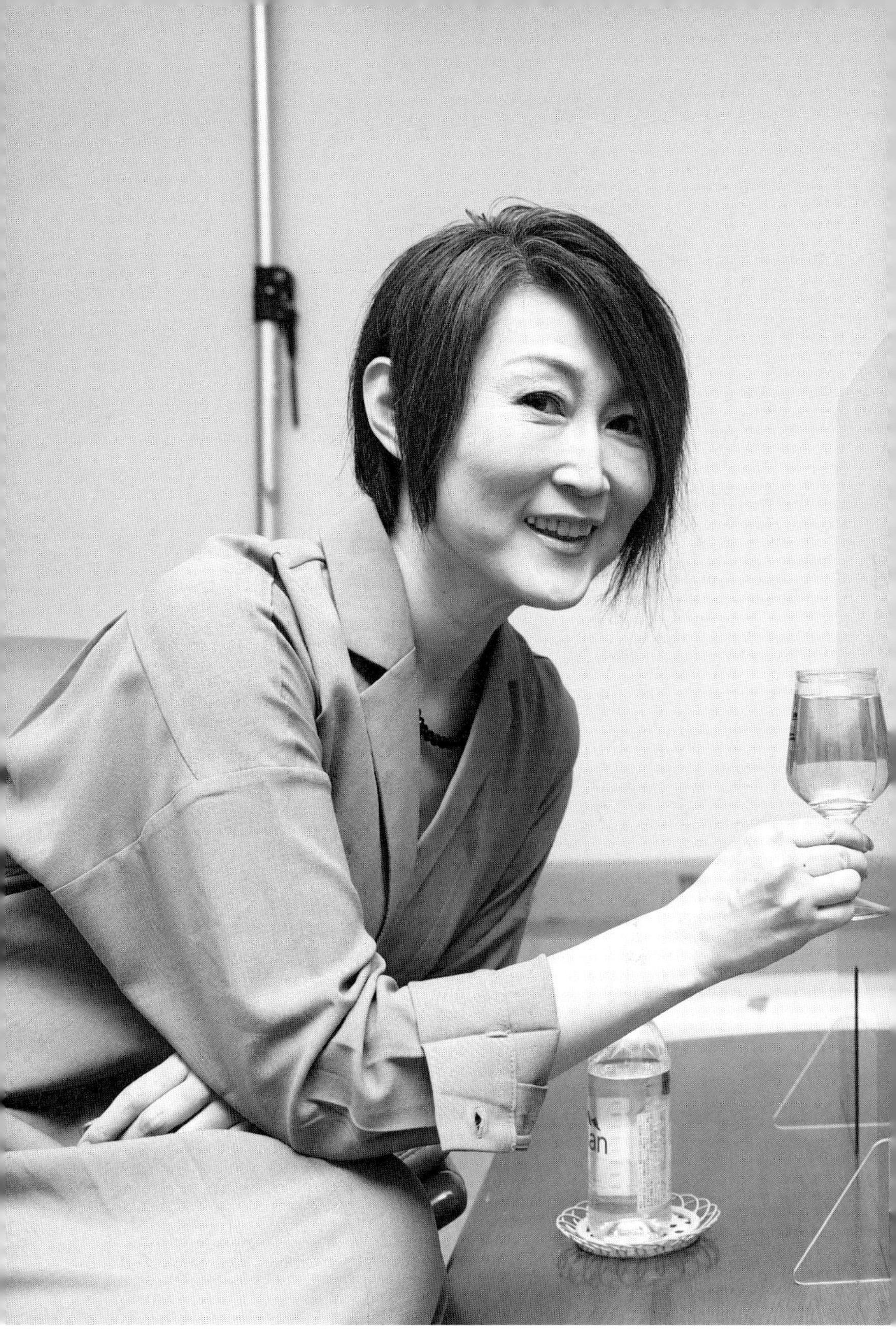

て読みました」という話を聞いたりすると、カルチャーの連鎖が起きて輪が広がった感じがして、仕掛けている側としては楽しいです。

桜木　舞台でもラジオでも、トップのおふたり、銀河様と紅雅様は対照的ですね。

愛海　そうですね。銀河はクール、紅雅はパッション。イメージカラーも銀河はブルー、紅雅はレッドで、すみわけてます。

桜木　おお、それはまるでタミヤのTシャツ。夢組トップのおふたりはどのようにスカウトをされたんですか。

愛海　ご縁がありまして。最初からシークレット歌劇團という名前を付けましたが、名前の通り、素性は一切明かさず、プライベートは一切見せないことにしてます。メイクしてできあがった、あの姿がすべてなんです。

桜木　「0931」は、クサイ芸で行くぜ、という意味ですか。

愛海　おっしゃる通り、0931は「おおクサイ」です。なぜそう付けたかというと、ミュージカルの世界観をオマージュしながら、くさい芝居を堂々とやりきる三文歌劇だぞ、という意味合いです。

私たちは、なぜ北海道にこだわるのか

桜木　愛海さんが劇団主宰としてここに至るまでのことや、北海道に根を張って活動するお気持ちなどをお聞きしたいんですが。

愛海　今は劇団を主宰して脚本・演出もやってますが、もともとアナウンサーでした。でも結果、アナウンサーであることが自分の人生の最終到達点ではなかったんだな、と今こんなことをしていて感じています。出身は道東の美幌町で、小学校時代から児童会長だったこともあり人前であいさつをすることが多かったんですが、その頃から常に言葉の選び方、どんな抑揚があると人の心をつかめるのか、なんてことを考えていましたね。中学の文化祭では劇の脚本を書いて演出もして。どんなふうに演出したら人の心が沸き立

つかを常に考えてました。「沸き立つ」が私の中のキーワードなんです。高校生の時、北見で公演した劇団四季の「ウェストサイド物語」を、舞台から汗が飛んでくるほど近くで見て、エンタメの持つエネルギーに魅せられました。

桜木　なぜにアナウンサーに寄り道を。

愛海　学生時代、しゃべりのアルバイトをしたら、すごく日給がよかった（笑）。で、卒業してNHK札幌放送局の契約キャスターになりました。プロの世界は厳しかったです。思い知らされました。素人だからニュースも読めないし、人の技術を盗んで覚えるしかない。でも人知れず、ひたむきに頑張っていると、天使って現れるんですよね。私はその天使に救われました。伝える人間としての基本を教えていただけた。

桜木　ときに天使は不思議な姿をして現れますよね。比較的おじさんが多いような……。そういえばこの本の言い出しっぺも立派なおじさんの姿をしている天使ですし。

愛海　おじさんでした。重鎮の男性アナがある日、私が泣きながら原稿読みの練習をしているところに来て「君のいいところはここ、悪いところはここ」と二つだけ教えてくれたんです。

桜木　それは二つであるがゆえに忘れませんよね。

愛海　当時は覚えてました。今はもう忘れちゃいましたけど。

桜木　それかい！（爆笑）

愛海　その段階をクリアした時点で。ただ、その体験で心に決めたことは今でも残っています。「自分の中にある技術は人に教えても減らない」。だから私がいつか一人前になれたなら、どんどん安売りして自分の技術は全部人に渡そうと。それをどう使うかはその人次第なので。

桜木　同じものは生まれませんしね。ノウハウって自分ができる形に変換して出てくるから。求めるものは化学変化ですね。

愛海　本物の実力を手に入れられたら、いくら出しても減らない。自分はそういう人でありたいな、と。

桜木　やっぱり北海道民ですよね。貴族の側と平民の側であっても、大きなくくりは道民。

愛海　劇団員もみんな道産子です。自分たちが運営して、ファンがついて、その人たちが「何とかしてあげたい」と思ってくれて、団員たちもそれに応えようと努力して、北海道にいながらにして話題になるような団体を一代で築いていく。その過程のドラマがたまらないんです。

桜木　何かやったろうという時に何をどうやったらどこを開拓できるか、無意識に考えているかもしれない。案外古典的なところにヒントがあるんだけどね。

愛海　私は道東の田舎で育って、劇団四季のキラキラした世界に感激しましたが、それは東京のものなんです。後から思ったのは、北海道にいて、北海道の人が盛り上がって、北海道の中でみんなが好きになるようなコンテンツがあれば外から人がやってくる、ということ。でも今までは、ちょっと有名になると「東京へ行きましょう」だったわけです。

桜木　個人的には仕事柄もあるけど、東京に行くことに、そんなに意味を感じないんですよ。

愛海　なるほど。私の中では、地方から東京に出るのではなく、「気になるんだったら来ればいい、欲しいんだったら取りにおいで！」です。

桜木　これが北海道の女なんだよなぁ。釧路の大先輩であるカルーセル麻紀さんがよく「私は元男だから価値があるのよ」って言うんですけど、私たちは今、北海道にいるからこそ自分の価値を信じられるのかもしれないですね。

愛海　今年は新型コロナウイルスの感染問題があって大変でしたけど、逆に何が起きたかというと、東京一極集中じゃなくて、田舎から発信していいんだと、多くの方が発想を変えたというか、実行に移せたわけで。シークレット歌劇團はもともとそういうスタンスでしたので、奇しくも中小貴族のスタイルに世の中が追いついてきた、と思ってます（笑）。

桜木　北海道スタイルが見えてきましたね。私も今までは新刊が出るたびに東京へ行って取材を受けてましたけど、今年はすべてリモート。北海道のも

銀河 祐

紅雅みすず

の書きにとって最後のハンディがなくなった年でした。

愛海　東京に出ていく事が活動の拡大につながるとは、全然思っていなくて。北海道にいても十分世界に発信できちゃいますからね。

桜木　できちまうんですよ、これが。

私たちは、なぜやり続けるのか

桜木　私たちは今ここにいて、私は小説を書いて、愛海さんは劇団を主宰してます。銀河様と紅雅様のおふたりも関節も筋肉も痛いでしょうに、あのおふたりはなぜやり続けるんでしょうね。

愛海　単に人の楽しそうな姿が見たいから。人の笑顔を引き出してみせるぞという勝手な使命感ですね。始めた頃は、まず目の前のお客さん数人が欲してくれるから、その数人に中小貴族ならではの「愛とユーモア」を渡す。それが十八年かけて百人、千人になって多くの平民に必要としてもらえるようになっていったんですよね。さらにラジオ番組を持つと、私たちのことを調べてくれて、全国からわざわざ札幌まで舞台を観にいらっしゃる。そういう人たちに、満足感をいっぱい持ち帰ってもらいたいですね。

桜木　表現者はどこかで人にうとまれていることを知りながら、自分たちが信じているおもしろいことをやればいいと思うの。

愛海　私の企てる世界は、ぱっと見、いい大人がふざけてけしからんと思われるかもしれません。そう感じる方が何かのきっかけで観劇されて、楽しげにお帰りになるのを見送る時、打ち勝った感はあります。いや、達成感かな（笑）。

桜木　打ち勝った感、大事。私、人と争うのは好きじゃないんだけど、内側にあるのは多分、自分の中だけの勝敗なんです。満足からほんのちょっと向こう側にある「気がすんだ」という感覚を勝ちにしてます。

愛海　その通り！　気がすむかどうかなんです。自分たちの気がすむまで、

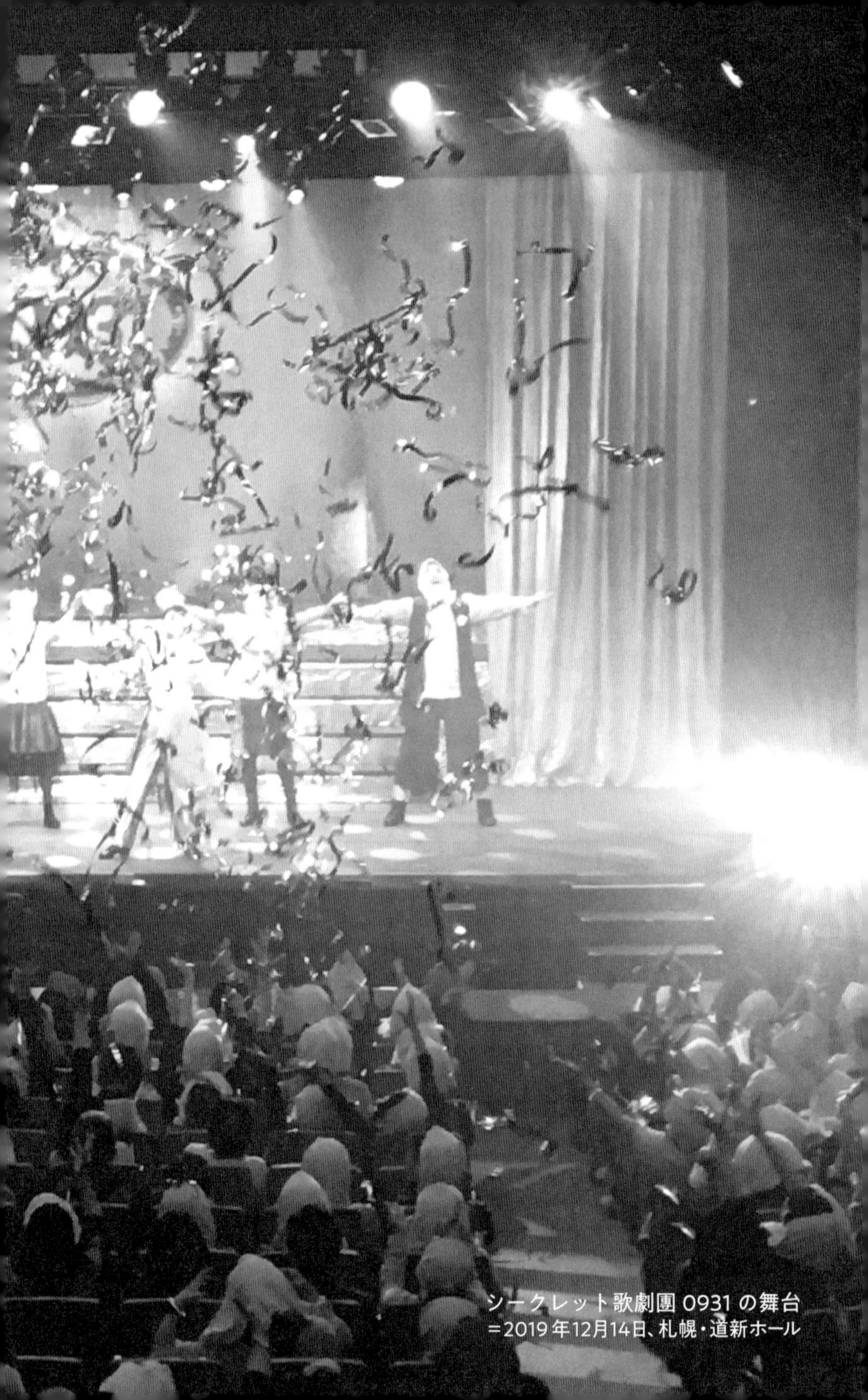

シークレット歌劇團 0931 の舞台
＝2019 年12月14日、札幌・道新ホール

中小貴族もやり続ける。

桜木　いま伝えたかったことが言えて、すんごく気がすみましたよ。

愛海　アナウンサーになったころ「どんなアナウンサーになりたいですか」と聞かれて、北海道のどこかの町のどこかの部屋で横になってテレビを見ている人が、私の言葉に、へえ、と頭を上げる瞬間があってほしいと思いました。たった一人でいいから、その人の日常生活に影響を与えられる人になりたい、と。ま、それは自分の知るところではないんですけどね。そうだったらいいな、と。自分の生きた証が人の喜びの中に残ってくれたらうれしいですね。

桜木　それはもの書きも同じです。欲してくれたところに一行届けばいいんです。その人にとっての生きた言葉、求めている着地点はきっと一行しかないから。その一行のために何百枚も書いてますが、たとえば全く通じなくても徒労だとは思いませんね。

愛海　私も脚本を書いていて、膨大なせりふの中のたった一つがその人にとって引っかかるもので、最終的に心に収まってくれたら、それで全然かまわないと思ってます。

桜木　加えて、前向きに積極的に逃げたい人に届けばいいと思っているの。私は逃げる人に向けて言葉を考えているのかな、と。結婚に逃げ、小説に逃げ、今も逃げ続けてるんだけど、逃げるって私にとっても大事なことだったから。だから、小説は自分のために書いてるんだなって思うの。

愛海　逃げていいと思います。あきらめていいし、立ち止まっていいし。実は銀河も紅雅も、うまくいかない人たち、夢がかなわずに鬱々として生きて何にも楽しいことがない、という人たちのために存在したいと思ってるんです。彼ら彼女らのために、いつアキレス腱が切れるかと思いつつ、はりを打ちながらダンスを練習し、下手な歌を一生懸命覚える。自分たちができるすべてを出し切って、おもしろいことをいっぱいお届けしたいんです。私たちは「愛とユーモア」をモットーとして掲げていまして、これさえあれば絶対に日常はうまくいくと思ってますから。

桜木　いま気がついたんですが、その精神は完璧にストリッパーですよ。
愛海　アナウンサーだったころにストリッパーの方にインタビューしてそのスタンスに感銘を受けたことがありました。札幌道頓堀劇場のトップの方で……。
桜木　清水ひとみさん！
愛海、桜木　めちゃくちゃかっこいいですよね！
桜木　あんなにかっこいい女いないって！　私も人生で大切なことのおおかたは彼女や彼女が育てた踊り子さんに教わりました。
愛海　私も片鱗は受け取ってます。彼女の心意気というか。
桜木　裸にかける心意気。女の裸は重い戸を開けて世界を救うと信じてますよ。
愛海　私は実際裸にはなりませんが、ただただ平民の皆様に楽しんで帰ってもらうためにどうあるべきか、そればかり考えています。団員たちもそうです。シークレット歌劇團は公言通り、歌も芝居も下手。おまけに身体も硬い。

でも全員なぜかスター性だけはある。愛される魅力をそれぞれが持っている。まさに北海道で育ててもらったスター（笑）。

桜木　そのスターには誰もかなわないです。かっこつけなくてもいいんだから。オラがスターたちは地続きで、貴族を名乗りながらどんどん私たちの内側に入ってきますからね。だから舞台の上ではとことん上から目線でいいんです。じゃないとお互い楽しくないですよ。

愛海　気兼ねなく忌憚なく、上から目線で、でも腰低く。

桜木　それは社会と生活に疲れた大人の求めている娯楽なんです。

愛海　よかったです。そこに行けて。

私たちは、どこへ行こうとしているのか

桜木　愛海さんとシークレット歌劇團は、ご自身の思うところに流れてきてますか？

愛海　はい、とても。ラジオ番組を持てたことで平民が増えました。STVラジオさんは、いい意味で地域に根付いていて泥くさいところが魅力的なので、ふたりにぴったりだと思います。昨年は、釧路の夏祭りにも呼んでもらえて、銀河と紅雅は紅白の幕を背に、初めましての釧路の観客を前にすごい盛り上がりで。それはそれは楽しい「地方営業」でした。全道各地を回るのが夢ですので、地域のお祭りにも出演して盛り上げたいですよね。

桜木　釧路の営業がなかったら、今も平民オンドレ桜木にはなれなかったと思います。情報は釧路からでしたよ。

愛海　五月は道東、六月は道北、と一つ一つ回って。お年寄りがカレンダー

に丸を付けて楽しみにしてくれて、当日はたんすの奥にしまってあったよそ行きを着て集まる。それを私たちは「生存確認ツアー」と呼ぶんです。毎年同じ季節にやって来る銀河と紅雅が「元気でいたか」と声をかければ、生き生きと暮らせるんじゃないかと。目指すのは全国ツアーじゃなくて道内全市町村ツアー。

桜木　それ、いい発想。「来年の桜」と同じ位置に、「来年のシークレット歌劇團」がある。お互い自分のやりたいことを実現するのに、半世紀かけているんですね。最近気づいたんですが三十代、四十代では難しかったけど、五十過ぎたら人が話を聞いてくれるんです。年とってよかったな、と思いますよ（笑）。

愛海　でも、それはその人が自分の立場をきちんと作ってきたからお耳も貸していただけるという、ね。

桜木　北海道新聞の小さいコラムから始まって、「まだやってるよ～」という感じです。

愛海　三十代、四十代の女性は家庭を持つ人も持たない人も、職業においても、人生の選択で悩みが尽きない年代だと思うんですよね。しかもその先の五十代って折り返しのイメージがあって、終わりに向かっていくだけ感がとても強い。その先にこそ自由で面白いことが始まる瞬間があるよ、と言ってあげたい。

桜木　終わりが見えないって言葉を、肯定的に使うときが来ましたね。明日もやりたいことがあって、一年先もまだある。これって、もしかして幸福、あるいは能天気、またの名を年中お花畑というんじゃないでしょうか。

愛海　若い頃に何かを諦めたり、捨てたりすることがあると人生終わった、と思うかもしれませんが、そうじゃなくて……。

桜木　捨てたところから始まるんです。捨てたり捨てられたりすることを恐れないでいると、いつの間にか一人で眺めのいいとこに立ってますよ。あのね、愛海さんとお話ししていて楽なのは、ひとから「勇気をもらう、元気をもらう」という発想がないこと。勇気も元気も自分から出すものだから。責任の所在が自分と決めてる人の、潔さを感じます。頼らない生き方、いいですね。

愛海　でも五十を越えて……。

桜木、愛海　病院には頼る！（爆笑）

桜木　私はこれからも好きなことやっていこうと思ってます。愛海さんは？

愛海　やりたいことしかやらないと決めてます。若い頃の愚かな経験も恥ずかしい失敗も、全部消化して一息つけたのが五十歳の時。よし、これからはより一層自分が好きなエンタメのこと、わくわくすることをやってみようと思ったんです。桜木さんは、まだまだ書くぞ、ですか。

桜木　書きたいことといっぱいあります。では、愛海さんの今後の目標は？

愛海　もっともっと多くの人に会うことです。私たちは小さな劇場から始まって、気づいたら大ホールで公演できるようになっていました。次は北海道内を回って、「地方平民」の数を増やしたいと思ってます。道民平民化計画（笑）。

桜木　テレビで発信していくことも考えてますか。

愛海　テレビもラジオも地方のお祭りも、呼ばれたら行きます。持ちかけるというよりは、必要とされているかどうか。そこが重要です。そであればどんなステージにも立ちます。だって目の前にいる人はみんな、平素お世話になっている民、「平民」ですから。

桜木　見事！　ありがとうございました。

（2020年10月5日、北海道新聞社で）

対談を終えて

まさか同じ道東人とは思わず。愛海さんは実に気っ風のいい「北海道の女」でした。両足のつま先を、一歩一歩土につき立てながら歩いているイメージ。舞台、楽しみにしてます！（さ）

著者略歴

桜木紫乃（さくらぎ・しの）

１９６５年釧路市生まれ。２００２年「雪虫」で第82回オール讀物新人賞を受賞。07年、単行本『氷平線』でデビュー。13年『ラブレス』で第19回島清恋愛文学賞、同年『ホテルローヤル』で第１４９回直木賞、20年『家族じまい』で第15回中央公論文芸賞をそれぞれ受賞。『起終点駅（ターミナル）』『蛇行する月』『ブルース』『裸の華』『砂上』『緋の河』など著書多数。

表紙写真　谷角　靖／時空工房
本文イラスト　やまふじままこ
デザイン・DTP　江畑菜恵（es-design）

おばんでございます

２０２０年11月13日　初版第１刷発行

著　者　桜《さくら》木《ぎ》紫《し》乃《の》
発行者　菅原　淳
発行所　北海道新聞社
〒０６０-８７１１　札幌市中央区大通西3丁目6
出版センター（編集）電話０１１-２１０-５７４２
（営業）電話０１１-２１０-５７４４

印刷・製本　株式会社アイワード

乱丁・落丁本は出版センター（営業）にご連絡ください。
お取り替えいたします。
ISBN978-4-86721-005-5